春天 森林裡有什麼新鮮事！

森林報報

維·比安基 著　卡佳·莫洛措娃 繪　王汶 譯

全世界孩子都在讀的世界經典自然文學

小木馬

出版序

這時刻，讓我們帶孩子一起擁抱森林

陳怡璇　木馬文化兒童科普線副總編輯

致　親愛的師長們：

《森林報報》是俄羅斯兒童文學大師——比安基的經典之作，在台灣也曾經由不同的出版社引進出版，即便如此，它的知名度仍不及另一經典自然書寫《昆蟲記》，所為人熟知。這自然有其歷史背景，一八九四年，比安基出生於聖彼得堡（舊稱列寧格勒）。父親是一位動物學家，從小就帶著他探索自然。比安基從父親那裡學到許多觀察和記錄的方法，他不僅對大自然充滿好奇，也學習藝術與文學，並且在他成年後開始嘗試創作。一九二七年首次出版的《森林報報》，是他最為人熟知的作品，直到一九五九年他離世之前，《森林報報》仍然持續加入新的內容，令大小讀者愛不釋手，並影響著許多家庭和孩子。

對照比安基成長和創作的時代，正是俄羅斯與世界動盪不已的年代：俄羅斯帝國走入衰敗瓦解，取而代之的是無產階級崛起的時代巨浪，緊接著兩次世界大戰，在比安基離世時，俄國已經成為蘇聯，是與西方世界抗衡的巨大政權。

這多少說明了為什麼我們和這部經典作品始終有點距離，因為在時代的洪流中，我們曾經離得那麼遠。

然而，閱讀《森林報報》，你會發現，比安基描寫的世界，有尋常的四季遞嬗，有森林和小鎮的生機勃勃，有動物植物的細膩變化……在森林裡，始終有自己的節奏；在森林裡，沒有這些紛擾；在森林裡的我們，其實距離非常近。近到遠在俄羅斯的年輕插畫家，能夠認識和描繪生活在台灣小島上的亞洲石虎，這是深愛森林和大自然的人類，天涯咫尺的美麗相遇。

二〇二〇年的此刻，人類正面臨前所未有的處境，病毒全球快速傳播，各國被迫封閉原本的流動，而人們得以停下腳步，看看我們生活的周遭，這些圍繞在我們周邊的高山、森林、湖泊，以及一直和我們生活在一起的動植物們。木馬文化在此刻推出這部經典兒童自然文學，是對經典大師致敬，更是對大自然致敬，也對每個致力於維護和傳遞生態保護的人們致敬。

本書採用的譯本為中國知名翻譯家王汶女士（一九二二～二〇一〇）的譯本，王汶女士擅長俄國文學與語言、愛好自然，是公認最好的譯本。本書也邀請到曾榮獲「好書大家讀」的科普作家及譯者張容瑱擔任本書編輯，為書中許多譯名反覆查證校正。本書的出版能跟俄羅斯插畫家卡佳小姐合作，更是意義不凡，我們很開心能一起乘著時光機將經典作品帶到孩子的面前。

致 親愛的小讀者：

你即將看到許多前所未聞的動物和植物的神奇事件，透過一位經典大師生動有趣的描寫，看完之後會讓你作文能力大增。這本書有很多漂亮的插圖，是來自俄羅斯的卡佳姐姐特別創作的，仔細觀察不同季節的封面有什麼不同呢？

強烈建議，讀這本書你可以查查地名和物種的名稱，會有更豐富的收穫。除此之外，也許你可以著手寫一篇台灣森林報報，一起成為小小自然文學家！

推薦序

他帶著孩童的眼睛，捎來森林的消息

林華慶　林務局局長

春天喚醒了冰封的北方大地，新芽從變得鬆軟的積雪裡怯怯的冒出頭來，鹿生出柔嫩的犄角，麻雀歡快的洗澡，百靈鳥飛來，人們製作小麵包，迎接充滿生機的「飛禽月」。俄羅斯科普作家維．比安基的生花妙筆，帶領我們走進四季分明的北國，看見與台灣自然環境截然不同的另一番景色。熱鬧的森林裡，不管是低調的苔蘚，或是鳴唱的黃雀，每個小生命都有著各自的獨特位置。

台灣擁有聳峻的高山島嶼地形，我們何其有幸，能與不同氣候帶的闊葉林、針闊葉混合林、針葉林、寒原共同生活在同一緯度裡，得以享用森林提供的多元服務價值。森林帶給我們的絕不僅止於木材，從空氣、水、生態、棲地的支持性服務，以及溫溼度等微氣候調節，到人們食衣住行所需的供給服務，更滋養了文化、遊憩、美學、身心療癒，我們也經常在各種生態體驗活動中，看到孩子們專注探索大自然帶來的驚喜。

帶著如孩童求知的明亮雙眼，《森林報報》裡，作者以流暢優美又富童心的筆觸捎來森林的消息，引領大家觀察變化萬千的生命動態；俄羅斯插畫家卡佳也透過對動植物獨特的洞察力，繪製全新的插圖，為這本書更添視覺之美，再次與台灣延續美好的緣分。

閱讀這本適合親子共讀的自然文學作品，大小朋友們可以發現，原來森林裡有這麼多學問，值得細細體會。當人們越親近自然，就越能感受它的價值，進而守護它。

十分欣見木馬文化出版《森林報報》這本圖文並茂的好書，讓身處南方島嶼的我們，也能透過紙頁神遊另一座豐美的森林。也期待每位大小朋友，從書本與親身接觸中更加親近山林，發現生物間的巧妙互動，徜徉在森林這所無邊無際的學校中，享用大自然的美好！

推薦序

來自俄羅斯的美好作品

卡佳・莫洛措娃

能為一部經典的作品畫插圖，是許多插畫家的夢想，特別是如果這本書曾陪伴自己的童年長大。對我來說，為《森林報報》繪製插圖，就是這樣一個特別的經驗。

這本書的作者維・比安基，是俄羅斯最著名的兒童文學家，尤其知名的是他擅長書寫關於自然的題材，他的作品在俄羅斯早已是學校文學課程的一部分，陪伴好幾代的孩子成長，包括我在內。維・比安基總在他書寫的故事中，帶我們了解身邊的世界，教導我們小心的對待它。

《森林報報》這部作品呈現的是森林裡一年四季的變化和各種有趣的消息，這次因為木馬文化的邀請，讓我在成年之後再次和這本書相遇，我彷彿回到了我的童年，並且像個孩子般重新體會和了解我的祖國——俄羅斯，有多麼廣闊的國土和細膩的生態。

我回憶起童年，我和許多充滿好奇的小朋友一樣，喜歡到住家四周的公園裡探險，看到不同的鳥類時，會好奇這是什麼鳥？我看到樹上、地上一些奇怪的印記，心想這是什麼動物留下的記號？

為《森林報報》畫插圖的過程，我也幻想自己是《森林報報》中的記者，要為讀者呈現讀這些故事時最適合的插圖，為了達到這個目標，我在作畫時除了參考物種的真實照片，也尋思在書中應該用什麼構圖和配色。

作為一位插畫家，我有我擅長和喜愛的風格——我喜歡運用幾何和抽象的想像，以及明亮鮮明的用色，然而我也喜歡嘗試不同畫風，在《森林報報》的系列作品中，我決定更具體而微的把故事中的生物生動的展現，期待每一位閱讀這本書的讀者，可以因此更加認識這些可愛的動植物，能夠認識這片來自我家鄉的美好森林。

《森林報報》的發行是以季節時序的推進分為春、夏、秋、冬，四季的變化在俄羅斯是非常顯著的，因此在封面插畫的創作上，我特別將俄羅斯隨處可見的樹木：白樺、橡樹和白楊安置其中，隨著季節的變化，樹木和周圍的動物都將隨著書中描述的季節而變——春天，樹上冒出嫩綠的新芽；夏天，綠葉變厚、顏色變深；秋天，樹上的葉子換了紅色、黃色、橙色的新裝；到了冬天，樹木將靜靜的睡在雪地上，期待下一個春天的到來。

這是我為童書繪製插圖的第一部作品，在創作的過程我感到非常的快樂，也謝謝木馬文化帶給我這麼寶貴的機會，期待台灣的讀者能在其中享受到閱讀的樂趣、體會大自然的美妙，並在這部作品中，認識俄羅斯和台灣迥然不同的生態。

目次

出版序／在最好的時刻，我們帶孩子一起擁抱森林 陳怡璇 4

推薦序／他帶著孩童的眼睛，捎來森林的消息 林華慶 7

推薦序／來自俄羅斯的美好作品 卡佳．莫洛措娃 9

致讀者 19

冬眠初醒月

春季第一月 3月21日～4月20日

29

太陽的詩篇 30

新年快樂！

森林裡拍來的第一封電報 32

禿鼻鴉揭開春之幕

林中大事記 34

雪裡吃奶的娃娃／頭一批花／春天的計策／冬客準備上路／發生雪崩了！

潮溼的住宅／奇怪的茸毛／四季常綠的森林／北雀鷹和禿鼻鴉

森林裡拍來的第二封電報 44

從洞裡爬出來的是獾

城市新聞 46

屋頂上的音樂會／在頂樓上／麻雀驚慌失措／沒睡醒的蒼蠅／當心流浪漢！
石蠅過馬路／列斯諾耶的觀察站／準備住宅吧！／小蚊蟲跳舞
第一批蝴蝶／在公園裡／新的森林／春花開了／漂來哪些生物？
款冬的莖／空中的喇叭聲／準備入場券

森林裡拍來的第三封電報（急電） 60

母熊鑽出洞了／淹大水了

農村生活 62

逃亡的春水／一百個小娃娃／綠色新聞

打獵的故事 65

鳥類搬家／松雞交配的地方／森林劇場——琴雞求偶場

東南西北 80

無線電通報

森林布告欄 96

徵求房屋

打靶場 97

第一次競賽

第2期

候鳥回鄉月 101
春季第二月 4月21日～5月20日

太陽的詩篇 102
鳥類回鄉大搬家／戴腳環的鳥

林中大事記 108
泥濘時期／雪底下的漿果／昆蟲過節日／柔荑花序／蝰蛇的日光浴
螞蟻窩動起來了／還有誰醒來了？／在池塘裡／森林裡的清道夫
它們是春花嗎？／白色的寒鴉／稀罕的小獸

飛鳥帶來的快信 119
春水氾濫／樹上的兔子／乘船的松鼠／連鳥類都在受苦／意外的獵物
最後的冰塊／河裡的木材／魚兒怎樣過冬？

祝你鉤鉤不落空！ 130

林中大戰（二） 134

農村生活 140
農村的植樹工作／新的城市／馬鈴薯過節／神祕的坑
修「指甲」／開始做農活／奇怪的芽／順利的飛行

城市新聞 148
植樹週開始！／種子撲滿／果園和公園裡／七鰓鰻／街上的生活
市區裡的海鷗／有翅膀的旅客／出太陽下雪／布——穀！

打獵的故事 156
在市場上／在馬爾基佐夫湖打野鴨／叛徒野鴨和白衣隱身人
水上的房子／天鵝來了！／槍聲響起
第二天……／禁獵天鵝

森林布告欄 168
請大家踴躍報名！／為鳥準備房子！

打靶場 169
第二次競賽

第3期

歌唱舞蹈月

春季第三月 5月21日～6月20日

歌唱舞蹈月 173

太陽的詩篇 174

快活的五月

林中大事記 177

林中樂隊／來自地下的客人／田野裡的聲音／魚的聲音／天然屋頂／森林之夜／遊戲和舞蹈／最後飛來的鳥／秧雞徒步走來了／有的笑，有的哭／松鼠吃葷／珍貴的蘭花／找果實去！／牠是什麼甲蟲？／燕子築巢（上）／斑姬鶲的巢

林中大戰（二） 202

農村生活 206

幫大人的忙／造林工作／幫助人的逆風／今天第一次／綿羊脫大衣／誰是我的媽媽呀？／牲口越來越多／果園的重要日子／番茄和黃瓜／幫忙授粉

城市新聞 214
城裡的麋鹿／鳥說人話／海裡來的客人／幼鳥學飛／走過城郊
雨後採菇去／活生生的雲／來自異鄉的動物／鼴鼠不是鼠
蝙蝠的回聲定位／給風打分數（上）

打獵的故事 225
在氾濫地區划船／最佳的誘餌

森林布告欄 240
表演和音樂

打靶場 241
第三次競賽
第一次競賽答案 246
第二次競賽答案 248
第三次競賽答案 250
廣大的俄羅斯 252

紀念我的父親

瓦連京・利沃維奇・比安基

致讀者

普通的報紙都是刊登人的消息、人的事情。可是，孩子們也很想知道飛禽走獸和昆蟲怎樣生活。

森林裡的新聞並不比城市少。森林裡也進行著各種工作，也有愉快的節日和悲傷的事件。森林裡有森林裡的英雄和強盜。可是這些事情，城市報紙很少報導，所以誰也不知道這類林中新聞。

比方說，有誰聽過，嚴寒的冬季裡，沒有翅膀的小蚊蟲從土裡鑽出來，光著腳丫在雪地上亂跑？你在什麼報紙上能看到關於林中大漢麋鹿打群架、候鳥大搬家和秧雞徒步走過整個歐洲的有趣消息？

所有這些新聞，在《森林報報》都可以看到。

《森林報報》一共有十二期，每個月一期，我們把它編成了一套書。每一期的內容有：編輯部的文章，我們森林通訊員的電報和信件，還有打獵的故事。

我們的森林通訊員是些什麼人呢？有的是小朋友，有的是獵人，有的是科學家，有的是林業工作者。他們常常到森林裡，關心飛禽走獸和昆蟲的生活，他們把森林裡形形色色的新聞記下來，寄給我們編輯部。

第一本《森林報報》在一九二七年出版，之後經過多次再版，每次再版都會增加一些新的專欄。

我們曾經派一位特約通訊員，去採訪赫赫有名的獵人塞索伊奇。他們一起打獵，當他們在篝火旁休息的時候，塞索伊奇常常講起他的冒險故事，特約通訊員就把他的故事記下來。

《森林報報》是地方性報紙，在俄羅斯的列寧格勒編輯出版，報導的內容大多是列寧格勒省內，或是列寧格勒市內的消息。

不過，俄國的領土非常廣大，大到這樣的程度：在北方邊境，暴風雪正在發威，把人血管裡的血液都凍涼了；在南方邊境，熱烘烘的太陽卻普照大地，百花盛開；在西部邊區，孩子們剛剛躺下睡覺；在東部邊區，孩子們已經睡醒了，正要起床。所以《森林報報》的讀者提出了一個需求——希望從《森林報報》了解列寧格勒省內的事，同時也能知道全國其他地區發生的事。為了滿足讀者的需求，我們在《森林報報》上開闢了一個專欄，叫做「東南西北：無線電通報」。

我們轉載了塔斯通訊社的許多報導，介紹孩子們的工作和功績。

我們還邀請了生物學博士、植物學家兼作家尼娜·米哈依洛芙娜·巴甫洛娃為《森林報報》撰寫文章，談談有趣的植物。

我們的讀者應該了解自然界的生活，這樣，才能學會愛護自然，才能隨心所欲的融入動植物的生活。

我們的第一位森林通訊員

許多年前，列寧格勒列斯諾耶附近的居民，常常在公園裡碰到一位戴眼鏡的白髮教授。這位教授有一雙非常銳利的眼睛，他傾聽每一隻鳥的叫聲，仔細觀察每一隻飛過的蝴蝶或蒼蠅。

我們大都市的居民，不會那樣細心的注意每一隻剛孵出的小鳥，或是春天出現的每一隻蝴蝶。可是他呢？春天時森林中發生的事，沒有一件逃得過他的眼睛！

這位教授的名字是德米特利·尼基羅維奇·凱戈羅多夫。他觀察我們城市和近郊的自然生態長達五十年。在半個世紀的歲月裡，他看著冬去春來，春盡夏始，夏秋一過，冬天又來，鳥兒飛去又飛回，樹木和花卉開了又謝。凱戈羅多夫教授清清楚楚的記下他觀察到的一切，什麼時候發生了什麼事，並發表在報刊上。

他還號召人們，特別是年輕人，觀察自然、記下觀察結果，並寄給他。許多人響應了他的號召。於是，他的自然觀察通訊員大軍，就一年一年壯大起來。直到現在，許多愛好自然的人，包括鄉土研究者、科學家、小學生，還在按照他的方式，繼續進行觀察，收集觀察的紀錄。

五十年來，凱戈羅多夫教授累積了許許多多的觀察紀錄。他把這些資料統整起來。多虧他長年不斷的工作，多虧許多科學家的研究，現在我們知道候鳥在春天什麼時候飛到我們這裡、又在秋天什麼時候離開，也知道我們這裡樹木和花草的生長情況。

凱戈羅多夫教授還為孩子和成人寫了許多關於鳥類、森林和田野的書。他曾經在學校教書，那時他一再強調：孩子研究大自然，不能只依靠書本，還要走進森林和田野。

一九二四年二月十一日，凱戈羅多夫教授在長久的病痛之後，沒趕上新春的到來，就逝世了。我們對他念念不忘。

森林年

有一些讀者也許會認為《森林報報》上關於森林、農村和城市的報導，都是舊聞。其實並不是這樣。沒錯，年年有春天，不過，每年的春天都是嶄新的，不管你活多少年，絕不會看見兩個一模一樣的春天！

一年，就像一個有十二根輻條的車輪，每一根輻條相當於一個月，十二根輻條統統滾了過去，就是車輪滾了一圈，接著，又輪到第一根輻條轉過去。不過，車輪已經不在原處了，而是前進了一些距離。

春天再度降臨。森林甦醒了，熊從洞裡爬出來，氾濫的河水淹沒了森林動物的地下洞穴，鳥兒從遠方飛來，開始唱歌、跳舞，動物生兒育女。讀者會在《森林報報》上看到最新鮮的森林新聞。

《森林報報》使用的日曆是「森林曆」，跟一般的日曆不一樣。這沒什麼好奇怪的，因為鳥獸的生活步調跟我們人類不一樣。牠們有自己獨特的曆法——森林裡所有的生物，都按照太陽的運行過日子。

我們參考一般的日曆，把森林曆的一年，劃分成十二個月，並根據森林裡的情況，為每個月分另外取了名字。

每年的森林曆

第1期
冬眠初醒月

春季第一月

3月21日～4月20日

第4期
鳥兒築巢月

第7期
候鳥離鄉月

第10期
銀路初現月

第2期

候鳥回鄉月

春季第二月

4月21日～5月20日

第5期

雛鳥出生月

第8期

儲備糧食月

第11期

飢餓難熬月

第3期

歌唱舞蹈月

春季第三月

5月21日～6月20日

第6期

結隊飛行月

第9期

冬客臨門月

第12期

忍受殘冬月

第1期

冬眠初醒月

春季第一月　3月21日～4月20日

太陽的詩篇

新年快樂！

三月二十一日是「春分」。這一天，白天和黑夜一樣長：半天有日光，半天是夜晚。這一天，森林裡慶祝新年，因為春天就要來了！

三月，太陽開始戰勝冬天。積雪變鬆軟了，表面出現了蜂窩般的孔洞，顏色也變得灰不溜丟的，不再是冬天的模樣；看雪的顏色，就知道冬天快要完結了！一根根小冰柱從屋簷掛下來，亮晶晶的水順著它們往下流，一滴、一滴，又一滴……水漸漸聚成水窪。街頭巷尾的麻雀歡天喜地的在水窪裡拍著翅膀，想洗掉羽毛上冬天沾染的塵垢。花園裡，響起了山雀快樂的銀鈴般歌聲。

春天乘著陽光的翅膀，飛到我們這裡來了。它有嚴格的工作程序。

首先，它解放了大地：一處處的雪融化了，露出土地。這時候，水還在冰底下沉睡，森林也在雪底下睡得很香甜。

按照俄羅斯的古老風俗，三月二十一日這天早晨，大家會烤「百靈鳥」來吃。這是一種用麵粉做的小麵包，前面捏個小鳥嘴，用兩顆葡萄乾當眼睛，做成鳥的形狀。在這一天，大家打開鳥籠，把鳥兒放到大自然裡去。按照新的習俗，「飛禽月」從這一天開始。孩子們把這一天的時間花在有翅膀的小朋友身上：把成千上百個「小鳥之家」掛在樹上，包括椋鳥房、山雀房、樹洞式人造鳥巢等；也把樹枝交叉綁在一起，好讓鳥兒容易築巢做窩；為可愛的小客人提供免費食堂；在學校和社團舉行專題報告，討論鳥類怎樣保護森林、田地、果園和菜園，人們又該怎樣愛護和歡迎這些活潑又有翅膀的歌唱家。

三月裡，母雞在大門口就可以把水喝個夠了。

森林裡拍來的第一封電報

本報通訊員發送

禿鼻鴉揭開春之幕

禿鼻鴉揭開了春之幕。在雪融後露出土地的所有地方，都出現了成群結隊的禿鼻鴉。

禿鼻鴉在我國南方過冬。牠們迫不及待的回到北方——牠們的故鄉。一路上，牠們遇到不只一場冷酷無情的暴風雪。幾十、幾百隻禿鼻鴉都因為精疲力竭，死在半路上。

體格強健的最先飛到了。現在牠們在休息。牠們在馬路上大模大樣的踱步，用結實的嘴喙刨土。

黑壓壓布滿整個天空的烏雲消散了，雪堆般的積雲飄浮在蔚藍的天空。第一批小動物誕生了。麋鹿和狍鹿長出了新犄角。黃雀、山雀和戴菊鳥在森林唱起歌來。我們在等待椋鳥和百靈鳥飛來，百靈鳥就是大家常聽說的「雲雀」。我們在樹根被掘起的雲杉下，找到了熊洞。我們輪流守候在洞旁，準備一看見熊出來，就為大家報導。

一股股雪水在冰下面暗地裡匯集。森林在滴滴答答的滴水，樹上的雪也在融化。夜裡，寒氣又重新把水凍結成冰。

鳥類當中，烏鴉下蛋下得最早。烏鴉的巢在高大的雲杉上，雲杉上覆蓋著厚厚的雪。雌烏鴉一直待在窩裡，因為牠怕蛋凍壞，怕蛋裡的小烏鴉凍死。食物由雄烏鴉送來。

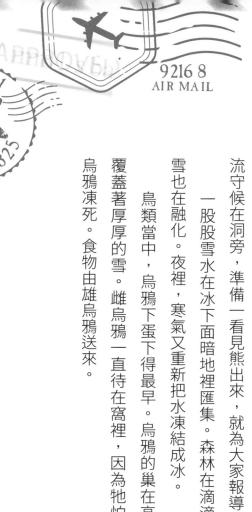

林中大事記

雪裡吃奶的娃娃

田野裡現在還有積雪，可是，兔媽媽已經生下小兔子了。

小兔子一生下來就睜開了眼睛，身上穿著暖和的毛皮大衣。牠們一出生就會跑，吃飽奶就跑走了，躲在灌木叢裡或草墩下面，乖乖的趴在那裡。兔媽媽不知道跑到哪裡去了，可是小兔子既不哭也不鬧。

一天，兩天，三天過去了。兔媽媽在田野裡到處蹦蹦跳跳，早就忘了小兔子。可是小兔子依舊趴在那裡。牠們不能亂跑，一亂跑，就會被鷹和鷲等猛禽看見，或是被狐狸發現腳印。

瞧！好不容易兔媽媽從旁邊跑過去了。不

對！這不是牠們的媽媽，是一位不認識的兔阿姨。小兔子跑到牠面前乞求：餵餵我們吧！好啊，請吃吧！兔阿姨把牠們餵飽了，又向前跑去。

小兔子回到灌木叢裡趴著。這時候，牠們的媽媽不知道在什麼地方餵別家的小兔子呢！

原來兔媽媽之間有一種約定：牠們認為所有的兔寶寶，都是大家的孩子。不論兔媽媽在哪裡遇到一窩小兔子，都會餵牠們吃奶，不管這窩小兔子是自己生的，還是別的兔媽媽生的。

你以為小兔子沒有大兔子照顧，日子就不好過嗎？才不會呢！牠們身上穿著毛皮大衣，暖和的很。兔媽媽的奶又濃又甜，小兔子吃一頓，就可以飽好幾天。

到了第八、九天，小兔子就開始吃草了。

頭一批花

最早開的花出現了。不過，不要在地上找，地面還覆蓋著雪呢。森林裡，只在邊緣一帶有水淙淙的流著，溝渠裡的水滿到了邊緣。喏！就在這兒，在褐色的春水上面，光禿禿的榛樹枝條上，開出了頭一批花。

一根根柔軟的灰色小尾巴，從樹枝上垂下來，稱為「柔荑花序」。你搖一搖這種小尾巴，就會有許多花粉從裡面飄落下來。

奇怪的是，就在這幾根樹枝上，還有別種花。這些花，有的兩朵、有的三朵長在一起，很容易被當成嫩芽。只是在每個「嫩芽」的尖端，伸出一對又像線又像小舌頭的鮮紅色小東西。原來這是雌花的柱頭，能接收從別棵榛樹隨風飄來的花粉。

風，自由自在的在光禿禿的樹枝間遊蕩，沒有樹葉，沒有東西阻擋它去搖晃那些柔荑花序的小尾巴或傳播花粉。

榛樹開花了。之後，柔荑花序的小尾巴會脫落，而那些像嫩芽的奇妙小花所伸出的紅線會乾枯；那時，每一朵小花都會變成一顆榛果。

尼娜．巴甫洛娃

春天的計策

森林裡，凶猛的動物常常襲擊溫和的動物，不管在哪裡，一看見牠們，就會立刻把牠們捉住。

冬天，雪兔或雷鳥在雪地上，你不大容易發現牠們。可是現在雪正在融化，有些地方已經露出了黑褐色的地面。狼、狐狸、鷹、貓頭鷹，甚至白鼬和伶鼬這類小型的食肉動物，隔很遠也能看見雪融化之後，黑色地面上的白皮毛、白羽毛。

所以，雪兔和雷鳥就用了一條妙計：牠們開始換裝，改變身上皮毛或羽毛的顏色。雪兔變成渾身是灰色的；雷鳥掉了許多白羽毛，原來是白羽毛的地方長出了褐色和紅褐色且帶有黑條紋的新羽毛。現在，不大容易發現雪兔和雷鳥了，因為牠們變裝了。

有些襲擊小動物的食肉動物，也只好改裝了。冬天時，伶鼬渾身雪白；白鼬也是這樣，只有尾巴末端是黑的。這樣一來，牠們能夠很方便的偷偷接近溫和的小動物，因為白色的毛皮在雪地不容易被發現。現在呢，牠們也都換了毛，變成灰色的。伶鼬全身都是灰色的；白鼬也變成灰色的，只是尾巴末端跟原先一樣，是黑的。不過，衣服上有個黑點，無論冬天或夏天都不礙事——雪地上不是也有黑斑、黑點嗎？那是垃圾和小枯枝之類的。在田野和草地上，黑色斑點更是多得不得了。

冬客準備上路

在列寧格勒省各地行車的道路上，可以看見一群群的小白鳥，長得像黃鵐。這是在我們這裡過冬的客人：雪鵐。

牠們的故鄉在北冰洋沿岸和島嶼的凍土帶。在那些地方，還要過很久，泥土才會解凍呢！

發生雪崩了！

森林裡發生了可怕的雪崩。

在一棵大雲杉的枝椏上，松鼠正在溫暖的窩裡睡覺。

忽然，一團沉甸甸的雪從樹梢塌落下來，不偏不倚，恰好掉在松鼠窩的「屋頂」上。松鼠竄了出來，可是牠那些剛出生，軟弱無力的小松鼠，還留在窩裡呢！

松鼠立刻把雪扒開。幸好，雪只壓住粗樹枝搭的屋頂，裡面鋪著苔蘚，又軟又暖的圓形「床鋪」並沒有壓壞。小松鼠甚至還沒有醒呢！牠們還很小，跟小老鼠一樣大，眼睛還沒睜開，渾身光溜溜沒有毛。

潮溼的住宅

雪不斷的融化。住在森林「地窖」裡的動物，日子不好過了！鼴鼠、鼩鼱、野鼠、田鼠、狐狸，還有其他住在地洞裡大大小小的動物，現在都因為洞穴潮溼不堪而非常難受。等到所有的雪都化成水的時候，牠們該怎麼辦呢？

奇怪的茸毛

沼澤地的雪融化了，草墩和草墩之間都是水。在草墩下面，有些銀白色的小穗，在光滑的綠莖上搖曳著。難道說這是去年秋天來不及飛掉的種子嗎？難道說它們在雪底下過了一個冬天？不見得，它們太乾淨、太新鮮了，讓人很難相信是去年留下來的。

摘下這種小穗，撥開茸毛，謎底就揭曉了。原來這是花啊！在絲一般的白色茸毛中，露出黃澄澄的雄蕊和細線般的柱頭。

羊鬍子草就是這樣開花的，花上面的茸毛用來為花保暖，因為這時候夜裡還很冷呢！

尼娜·巴甫洛娃

四季常綠的森林

四季常綠的植物，不是只有在熱帶或地中海沿岸才看得到。在我們北方，也有夾雜著常綠小灌木的森林。現在，在新年的第一個月，到這種森林去走走，那裡看不見褐色的爛葉子，也看不見討厭的枯草，你會感到特別愉快！

綠裡透灰的小松樹，枝葉蓬鬆，遠遠的就引人注目。在這些小樹之間待一會兒，該有多麼快樂啊！這裡一切都生氣勃勃的，有柔軟的綠色青苔，有葉子亮閃閃的越橘，還有帚石楠——優雅的帚石楠細枝上，長滿了小得出奇的葉子，好像覆蓋著一片片的小瓦片，枝上還殘留著去年

開的淡紫色小花呢！

在沼澤地邊緣，還可以看到一種常綠灌木，青姬木。它的葉子呈暗綠色，邊緣反捲，葉子背面好像刷了一層白粉。不過，如果現在有誰站在這種小灌木旁邊，他是不會盯著葉子看的，因為他會看見更有趣的東西，那就是它的花！瑰麗的粉紅色鐘狀花，跟越橘花很像。這麼早的季節，在樹林裡找到花，真是讓人喜出望外！採一束帶回家，誰也不相信這是從野外摘來的，一定會說是從溫室拿來的。

因為在早春時節，大家很少到常綠樹林去散步啊！

尼娜．巴甫洛娃

北雀鷹和禿鼻鴉

「呱——呱——呱！」不知道什麼東西從我頭上掠過。我一回頭，看見五隻禿鼻鴉在追趕一隻北雀鷹。北雀鷹左閃右躲，但禿鼻鴉還是追上了牠，用嘴喙啄牠的頭。北雀鷹痛得尖聲大叫。後來，牠好不容易脫身飛走了。

我站在一座高山上，能夠看得很遠。我看見北雀鷹飛到一棵樹上休息。這時候，不知道從哪裡飛來一大群禿鼻鴉，叫囂著撲向牠。這回，北雀鷹被逼急了，狂叫著向一隻禿鼻鴉反擊。那隻禿鼻鴉害怕了，閃向一邊。北雀鷹趁機敏捷的衝到高空，沒有受到阻擋。這群禿鼻鴉失去對手，於是飛散到田野裡去了。

森林通訊員　梅什良耶夫

森林裡拍來的第二封電報

本報通訊員發送

從洞裡爬出來的是獾

椋鳥和百靈鳥飛來了，牠們唱起了歌。熊還沒有從洞裡出來，可是我們等得不耐煩啦！我們想，牠該不會在洞裡凍死了吧？

忽然，雪微微動了起來。

不過，從雪底下鑽出來的並不是熊，而是一隻從來沒見過的奇怪動物。牠的個頭有小豬那麼大，渾身是毛，肚皮上的毛是黑的，灰白色的頭上有兩道黑色條紋。

原來這不是熊洞，是獾洞，從洞裡爬出來的是獾！

現在，牠不再睡覺了，牠每天晚上到森林裡去尋找蝸牛、幼蟲和甲蟲，吃植物細小的根，捉野鼠。

我們在森林裡到處尋找，又找到一個熊洞，這回才是真正的熊洞！熊正在睡覺。

水漫到冰上面來了。

雪塌了下去；琴雞在求偶；啄木鳥像打鼓似的，嘟嘟嘟的啄樹。

啄冰的小鳥也飛來了，牠叫做「白鶺鴒」。

走雪橇的道路變得稀爛不堪，村民駕起了馬車，不再乘坐雪橇了。

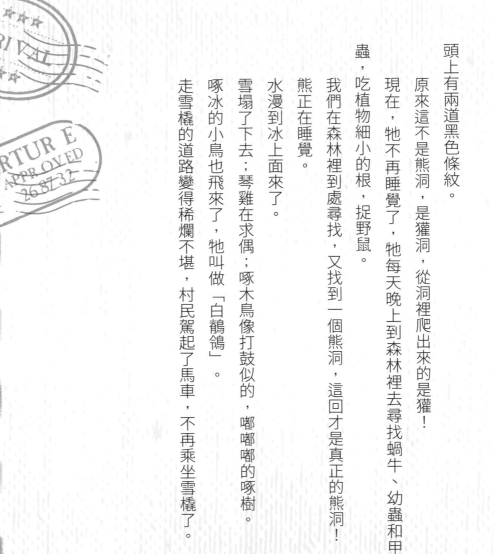

屋頂上的音樂會

每天夜裡，屋頂上都開起貓兒的音樂會。貓很喜歡這種音樂會。不過，每次總是以歌手們大打一架來宣告閉幕。

在頂樓上

我們《森林報報》的一位記者，為了了解頂樓上動物居民的生活條件，最近幾天視察了市中心的許多住宅。

占據著頂樓角落的鳥兒，對自己的住處非常滿意。誰要是冷，就緊挨著壁爐的煙囪，享受免費的暖氣設備。母鴿已經在孵蛋了，麻雀和寒鴉在城裡四處蒐集築巢用的稻草根，以及做襯墊用的絨毛和羽毛。鳥兒最恨貓和男孩子，因為他們常常搗毀牠們的巢。

麻雀驚慌失措

椋鳥房旁邊充斥著叫嚷聲和吵架聲，絨毛、鳥羽和稻草隨風飛舞。原來是椋鳥房的主人，椋鳥，回來了。牠們揪住占據了椋鳥房的麻雀往外攆。攆完麻雀，再往外扔麻雀的羽毛被子，麻雀的痕跡一絲一毫都不能留下！

有個泥灰工人正站在鷹架上，抹屋頂下的裂縫。麻雀在屋簷上蹦蹦跳跳，用一隻眼睛看看屋簷下，然後大叫一聲，向泥灰工人的臉撲了過去。泥灰工人用抹泥灰的小鏟子不斷的驅趕牠們。他怎麼也想不到，他把裂縫裡的麻雀窩巢封住了。麻雀已經在巢裡下蛋了！

一片叫嚷聲，一片吵架聲，絨毛、鳥羽隨風飛舞。

森林通訊員　斯拉德科夫

沒睡醒的蒼蠅

街上出現了一些大蒼蠅，牠們的身上藍裡透綠、閃著金光。牠們跟秋天時一樣，一副沒睡醒的神情。牠們還不會飛，只能勉勉強強用細細的腳在屋子牆壁上爬，搖搖晃晃的。

這些蒼蠅白天都在晒太陽。到了夜裡，牠們又爬回牆壁和柵欄的空隙、裂縫裡去。

當心流浪漢！

在列寧格勒的街上，出現了一些流浪漢，蠅虎。牠們其實是蜘蛛。俗話說，狼靠快腿活命。蠅虎也是這樣。牠們不像有些蜘蛛會織巧妙的八卦網來捕食，而是埋伏著，用力一跳，撲到蒼蠅或是其他昆蟲身上，然後吃掉牠們。

石蠅過馬路

從河面冰縫中的水裡，爬出一些笨頭笨腦的灰色小幼蟲。牠們爬上岸，脫去身上的外皮，變成有翅膀的飛蟲，身體又細長又勻稱。牠們不是蒼蠅，也不是蝴蝶，而是石蠅。

牠們的翅膀長長的，身體輕飄飄的，還不會飛，因為牠們還很軟弱無力，還得晒晒太陽。

牠們爬過馬路。過路的人踩牠們，馬蹄踏牠們，汽車輪子壓牠們，麻雀也搗米似的啄牠們。可是牠們還是往前爬、往前爬。牠們有幾千、幾萬、幾十萬隻，多的是呢！

那些平安爬過馬路的，最後爬到房屋牆壁上去晒太陽了。

列斯諾耶的觀察站

自從著名的自然科學家凱戈羅多夫教授，在列斯諾耶觀察大自然中動植物的季節性變化以來，這種「物候學」的觀察持續不斷的進行著。

現在，俄羅斯地理協會設有一個以凱戈羅多夫為名的專門委員會，領導著物候學觀察者的工作。

俄羅斯愛好研究物候學的人，都把自己的觀察紀錄寄到委員會去。根據多年的資料，像是鳥類的南來北往、植物的花開花謝、昆蟲的出現和絕跡等等，可以編製一部「自然曆」。這樣的自然曆可以幫助我們預報天氣，並訂定各種農事工作的日期。

現在，在列斯諾耶成立了全國性的中央物候學觀察站。像這種有五十年以上歷史的觀察站，全世界只有三個。

準備住宅吧！

要是想讓椋鳥在園子裡住下來，就得趕快為椋鳥準備住宅。住宅要乾淨，門要開得小，讓椋鳥鑽得進去，但貓鑽不進去。

門裡面還得釘上一塊三角形的木板，讓貓連用爪子都掏不到椋鳥。

小蚊蟲跳舞

在晴朗暖和的日子裡，小蚊蟲已經開始在空中跳舞了。

你不用怕，牠們不會叮人。

牠們聚集成密密麻麻的一群，像根圓柱子似的在空中旋舞著、擁擠著。牠們盤據的天空，看上去滿是黑點，好像人的臉上長了雀斑一樣。

第一批蝴蝶

蝴蝶出來吹風透氣，在太陽光裡晒翅膀。

最先出現的是那些在頂樓過冬的，包括黑褐色帶紅斑的蕁麻蛺蝶和淡黃色的鉤粉蝶。

在公園裡

花園和公園裡，胸脯淡紫色、頭部淺藍色的雌燕雀在響亮的鳴叫。牠們聚在一起，等待雄燕雀的到來，雄鳥總是比牠們晚一些時候飛來。

新的森林

全俄造林會議召開了。林務員，還有森林學家、農藝學家等造林專家齊聚一堂。列寧格勒的居民也參加了這次會議。

為了在我們國內的草原地區造林，已經進行了一百多年的科學勘查和實際工作，選定了三萬種喬木和灌木，用來在各種草原上造林。這些樹種都是最能適應當地生活條件的。比方說，科學家發現，跟錦雞兒、忍冬和其他灌木夾雜種在一起的櫟樹，最能適應頓尼茨草原的環境。

俄羅斯的工廠打造了一種新機器，使用這種機器，在短時間內就可以栽種很大面積的樹苗。完成造林的地區已經有好幾十萬公頃了。

最近幾年裡，全國還要造幾百萬公頃的森林，我們的林地面積很快就會大幅提升！

列寧格勒塔斯通訊社

春花開了

款冬的小黃花在公園、花園和庭園裡盛開了。

街頭有人在賣一束束的春花，那是森林中最早開的花。賣花的把這種花叫做「雪下紫羅蘭」，但是它們的顏色和香味都不像紫羅蘭。它們真正的名字叫做「藍花積雪草」。

樹木也睡醒了，白樺的樹液已經開始在樹幹裡流動。

漂來哪些生物？

在列斯諾耶公園的深谷裡，春水淙淙的奔流著。在一條小溪上，我們幾位森林通訊員用石頭和泥土築了一道攔水壩，守候在那裡，觀察有什麼生物漂流到水塘裡。

他們等啊等，等了半天，沒有一隻生物漂來，只流來一些木片和小樹枝，在水塘裡打轉。

後來，一隻老鼠從溪底滾了過來。牠不是普通的長尾巴灰家鼠，而是棕黃色的，有一條短尾巴，原來是田鼠。這隻死田鼠大概在雪底下躺了一個冬天。現在雪融成水，溪水就把牠沖到水塘裡來了。

後來，水塘裡流來一隻黑甲蟲。牠掙扎著、旋轉著，怎麼也爬不出來。大家起先以為是一隻水棲的甲蟲，撈起來一看，原來是最不喜歡水的糞金龜。這麼說，牠也睡醒了。牠當然不是故意跑到水裡去的。

後來，有個傢伙用長長的後腿一蹬一蹬的，自己游到水塘裡來了。你們猜牠是什麼？是隻青蛙呀！到處都還是積雪，青蛙一見到水，馬上就來了。牠從水塘裡爬上岸，三蹦兩跳就鑽到灌木叢裡去了。

最後，游來一隻小動物。牠是褐色的，很像家鼠，只是尾巴短得多，原來是一隻水田鼠。牠儲藏了許多冬糧。看來到了春天，牠已經把存糧吃光了，所以出來找食物。

款冬的莖

小丘上早就出現了款冬的一叢叢細莖。每一叢莖，都是個小家庭。苗條細長、高高仰著頭的莖，年紀大一些；肥肥碩碩、憨憨笨笨的莖，年紀還小，緊挨在高莖的旁邊。

還有一種模樣十分滑稽的莖，它們垂著腦袋，彎著腰站在那裡，彷彿因為剛剛出生，而感到害羞、怯生。

每個這樣的小家庭，都是從一段地下根莖長出來的。從去年秋天開始，這段地下根莖裡就儲存了養分。現在養分一點一點的消耗，整個開花期就靠這些養分。不久，每個小腦袋都會變成一朵輻射狀的黃花，說得精確些，不是花，而是「花序」，一大把彼此緊緊擠在一起的小花。

花開始凋謝的時候，就從根莖長出葉子來。這些葉子的任務是為根莖補充新的養分。

尼娜．巴甫洛娃

空中的喇叭聲

從天上傳來了喇叭聲，列寧格勒的居民感到非常驚奇。在晨光熹微的時候，城市還沒醒來，街頭萬籟無聲，所以聲音聽起來格外清楚。眼力好的人仔細瞧瞧，就可以看見一大群脖子又直又長的大白鳥，在雲朵下面飛。這是一群列隊飛行、愛叫的野天鵝。

每年春天，牠們都從我們城市上空飛過，用吹喇叭似的響亮聲音叫著：「克爾魯——魯嗚！克爾魯——魯嗚！」不過，在熱鬧擁擠的城市中，人聲嘈雜，車聲隆隆，就不容易聽見牠們的叫聲了。

現在天鵝忙著飛到科拉半島，阿爾漢格爾斯克附近，或是到北杜味拿河兩岸去築巢。

準備入場券

我們在等候有羽毛的朋友。學校交給我們每個學生一項任務，要我們每一個人做一個椋鳥房。所以，大家都在忙這件事。我們有一個木工場，如果還不會做椋鳥房，就可以到木工場學習。

我們要在校園裡掛上許多人造鳥巢。希望鳥兒住在這裡，保護蘋果樹、梨樹和櫻桃樹，不讓有害的青蟲和甲蟲來侵犯。等到學校裡歡度飛禽節的那天，每個學生就把人造椋鳥房帶到慶祝會上。我們商量好了，椋鳥房就是我們參加慶祝會的入場券。

森林通訊員　伏洛加·諾威、任尼亞·科良吉克

森林裡拍來的第三封電報

急電

本報通訊員發送

母熊鑽出洞了

我們在熊洞附近輪流守候著。

忽然，不知道什麼東西從地底下把積雪拱起來了，接著露出一個又大又黑的野獸腦袋。

是一隻母熊鑽出洞來了。還有兩隻小熊，跟在後面也鑽出來了。

我們看見母熊張開大嘴，舒舒服服打了一個大哈欠，然後向森林裡走去，小熊歡蹦亂跳的跟在後面跑。母熊剛出洞時，看起來很瘦小，不一會兒就變得渾身毛蓬蓬的了。

現在，母熊在森林裡走來走去。睡了這麼久的一覺，牠餓得發慌，看到什麼吃什麼，細樹根、去年的枯草、漿果……什麼都能吃下肚，遇到一隻小兔子更不會放過。

淹大水了

冬天的世界被推翻了。百靈鳥和椋鳥在唱歌。

水沖破冰製的「天花板」，湧到自由的天地裡，也沖到了廣大寬闊的田野裡。田野裡發生水災了，積雪被太陽燃燒著。從積雪底下露出了喜氣洋洋的碧綠小草。在春水泛溢的地方，出現了第一批野鴨和大雁。

我們看見第一隻蜥蜴。牠從樹皮底下鑽出來，爬到樹墩上晒太陽。

每天發生的事情，多到我們來不及記下來。

淹大水了。城鄉的交通中斷了。

動物在水災中受害的情況，我們將在下一期的《森林報報》報導。

農村生活

農村新聞

逃亡的春水

積雪融化而成的水，沒有得到任何人許可，竟然想從田裡逃到凹地裡去。

農村的村民急忙把逃亡的春水扣留下來——用結結實實的積雪在斜坡上築了一道橫堤。

水留在田裡了，開始慢慢往土裡滲。田裡的綠色居民已經感覺到，水漸漸流進它們的小根，因而非常高興。

一百個小娃娃

昨天夜裡，國營農場豬舍裡的值班飼養員為母豬接生，總共有一百隻小豬誕生！這一百個小娃娃，個個肥頭大耳，壯壯實實，哼哼亂叫。九位幸福的年輕媽媽，焦急的等待飼養員把牠們有著翹鼻頭和小尾巴的小娃娃送過去吃奶。

馬鈴薯從寒冷的倉庫搬到暖和的新房子了。

它們對新環境非常滿意，準備發芽。

綠色新聞

菜鋪子裡有新鮮黃瓜出售了。這些黃瓜花的授粉工作，不是蜜蜂完成的。它們生長的土地，也不是太陽烤熱的。

不過，這些黃瓜還是名副其實的黃瓜，肥肥碩碩，厚厚實實，多汁而且長滿了小刺。它們的香味，也是真正的黃瓜清香——雖然它們是在溫室裡長大的。

積雪融化了。原來田地整個被細瘦的青草覆蓋著！大地還沒解凍，草根從土裡面吸收不到養分，可憐的青草在挨餓！

不過，村民把它們看得很寶貴，原來這些瘦弱的小草，並不是什麼野草，它們是秋天播種的小麥。所以農村裡幫它們準備了最富含營養的食物，有草木灰、禽糞、廄糞汁、營養鹽類等等。

還會從「空中食堂」分發口糧給挨餓的朋友。不久，會有一架飛機從田地上空飛過，把食物撒下來，讓每一株小苗都能吃得飽飽的。

尼娜・巴甫洛娃

打獵的故事

春天許可打獵的時期非常短。如果春天來得早，就可以早點去打獵。如果春天來得晚，那麼打獵也只好推遲了。

春天打獵，是獵樹林裡和水面上的飛禽，只准打雄的，而且不許帶獵狗。

鳥類搬家

獵人白天從城裡出發，天黑前就到森林了。這是一個灰沉沉的黃昏，沒有風，下著毛毛雨，天氣很暖和，正是鳥類搬家的好天氣。

獵人在森林的邊緣選好一個地方，靠在一棵小雲杉旁邊站著。

周圍的樹木不高，獵人看了看，全是一些赤

楊、白樺和雲杉。距離太陽下山還有十幾分鐘。現在還有時間抽菸，過一會兒可就不行了。

獵人站在那裡傾聽，森林裡各種鳥兒在唱歌：鶇鳥在雲杉尖尖的樹梢上高聲鳴叫、囀啼著；紅胸脯的歌鴝在叢林裡唧唧啾啾小聲啼著。

太陽落下去了。鳥兒陸陸續續停止了歌唱。最後，鶇鳥和歌鴝也沉默了，不再啼唱。

現在可要注意，豎起耳朵仔細傾聽！從森林的上空，突然發出一種輕輕的聲音：

「嗤爾克，嗤爾克，霍爾——爾——爾！」

獵人打了一個寒顫。他把獵槍掛在肩上，站在那裡不動。聲音是從哪裡傳來的呢？

「嗤爾克，嗤爾克，霍爾——爾——爾！」「嗤爾克，嗤爾克！」

而且有兩隻呢！兩隻長嘴的山鷸，正飛過森林上空。牠們在空中快速的拍著翅膀，向前飛著。一隻跟著一隻飛，沒有在打架。看來，前面那隻是雌的，後面那隻是雄的。

「砰！」後面那隻山鷸，像風車似的在空中旋轉，轉著轉著，慢慢掉到灌木叢裡去了。

獵人飛快的向牠跑去。如果受傷的鳥逃走，鑽進灌木叢裡躲起來，那就再也找不到牠了。

山鷸羽毛的顏色跟晦暗的落葉一模一樣。瞧！牠掛在灌木叢上了。那邊，不知道什麼地方，又有山鷸「嗤爾克，嗤爾克」叫起來了。太遠了，霰彈打不到。獵人又站在一棵小雲杉後面。他聚精會神的聽著。森林裡靜悄悄的。又傳來了這樣的叫聲：

「嗤爾克，嗤爾克！」「霍爾——爾——爾！霍爾——爾！」

在那邊，在那邊！可是太遠了……把牠引過來嗎？也許可以把牠引過來也說不定。

獵人摘下帽子，往空中一拋。雄山鷸的眼睛很尖，牠正在薄暮的昏暗裡仔細尋找雌山鷸。牠看見一個黑糊糊的東西，從地面升起來，很快又落了下去。

是雌山鷸嗎？

牠拐了一個彎，急急忙忙朝著獵人飛過來。

「砰！」這隻也栽了下來，像塊木頭似的撞在地上。

天色漸漸黑下來。「嗤爾克，嗤爾克！霍爾，霍爾」的叫聲四起，時斷時續，時而在這邊，時而在那邊，不知道往哪邊轉身才好。

獵人興奮得兩手發抖。

「砰！砰！」沒打中。

「砰！砰！」又沒打中。

還是不要開槍了，休息一會兒，放過一、兩隻山鷸吧！得定定神。好了，手不發抖了。

現在可以開槍了。

在黑黝黝的森林深處，一隻貓頭鷹用嘶啞的聲音，陰陽怪氣的大喝一聲。嚇得一隻鶇鳥瞌睡矇矓、驚慌失措的尖叫起來。

天黑了，再過一會兒，就不能開槍了。

好不容易又響起了叫聲：

「嗤爾克，嗤爾克！」

另外一頭也傳來「嗤爾克，嗤爾克」的叫聲。

兩隻雄山鷸就在獵人的頭頂上碰頭了，一碰上就打起架來。

「砰！砰！」這回放的是雙筒槍，兩隻山鷸都掉下來了。一隻像土塊似的落地，另一隻翻著跟頭、翻著跟頭，正好掉在獵人腳旁。

現在該走啦，趁著小路還看得見，應該趕到鳥兒交配的地方去。

松雞交配的地方

夜裡，獵人坐在森林中吃東西，喝水瓶裡的水。這時候不能生火，生火會驚動鳥兒的。

不用等多久，天就要亮了。松雞在天亮以前就開始交配。在黑夜的寂靜裡，一隻貓頭鷹悶聲悶氣的叫了兩聲。

該死的傢伙！會把交配的松雞嚇跑的！

東方微微發白了。聽！在什麼地方，一隻松雞唱了起來，聲音低得恰好能聽得見。牠「塔克，塔克」、「喀，喀」的叫著。

獵人跳了起來，仔細的聽著。

聽！又是一隻松雞叫起來了，就在附近，離獵人大概只有一百五十多步遠。第三隻……

獵人小心翼翼的挪動腳步，往那裡走去。槍端在手裡，手指頭扣著扳機，眼睛盯著黑黝黝的粗大雲杉。

只聽到「塔克，塔克」的叫聲停止了，一隻松雞尖聲尖氣的囀啼了起來。獵人跳開原來站的地方，使勁往前跳了三大步，然後站住不動。

啼聲停止了。靜悄悄的。

現在松雞驚覺了——牠在仔細聽呢！松雞非常機靈，只要你碰到樹枝微微一響，牠就會拍動翅膀飛走，逃得無影無蹤！

牠什麼也沒聽見，於是又「塔克，塔克！塔克，塔克」叫了起來，聲音好像兩根木棒輕輕相撞似的。

獵人站著不動。

松雞又婉轉的啼叫了。

獵人向前一跳。松雞發出一陣嘶克克的聲音，囀聲中斷了。

獵人一隻腳還沒落地，停住不敢動了。松雞又不叫了，牠在傾聽。

後來，牠又從頭開始：「塔克，塔克！塔克，塔克……」

這樣重複了好幾次。

現在，獵人離松雞非常近了。松雞就在這幾棵雲杉上，離地不高，在樹的半腰處！

牠熱情的唱著，昏頭昏腦的，現在你就是喊叫，牠也聽不見了！不過，牠到底在哪裡啊？在漆黑一片的針葉叢裡，看不清楚呀！

啊哈！原來在那兒！在一根亂蓬蓬的雲杉樹枝上，就在獵人身旁，距離只有三十多步遠。喏！那不是嗎？一條長長的黑脖子，一顆長著山羊鬍子的鳥頭……

聲音沒有了，現在可不能動彈……

「塔克，塔克！塔克，塔克！」牠又發出了囀啼聲。

獵人端起槍。準星對準一個黑影，那個有山羊鬍子的大鳥側影，鳥尾巴像扇子似的展開著。

得挑牠的要害打才行。

霰彈打在松雞繃緊的翅膀上會滑掉，打不傷這隻結實的鳥。還是打牠的脖子好了。

砰！

煙遮住視線，什麼也看不見，只聽到松雞沉重的身體掉了下來，喀嚓喀嚓壓斷一根根樹枝。啪嗒！摔在雪地上了。

好一隻雄松雞！塊頭可真不小，渾身烏黑，起碼有五公斤重！牠的眉毛通紅通紅的，好像被血染紅一樣……

森林劇場——琴雞求偶場

在森林裡一塊很大的空地上，有一個「劇場」。太陽還沒有升起，可是已經看得見了。

聚攏過來看戲的觀眾，是一些身上有麻斑的雌琴雞。牠們有的在地上吃東西，有的規規矩矩蹲在樹上。

牠們在等待好戲開場。

瞧！一隻雄琴雞從森林裡飛到空地上了。牠渾身烏黑，翅膀上有白色條紋。這是求偶場上的台柱。牠用兩隻黑鈕扣似的眼睛，敏銳的打量著求偶場。空地上除了看戲的雌鳥以外，沒有其他演出者。

那邊是什麼矮樹叢呀？好像昨天還沒有呢！真是奇怪，才一天一夜的時間，怎麼就長出一公尺高的雲杉呢？一定是自己沒看清楚……真是老糊塗了。

開場吧！

求偶場上的台柱又打量了一下觀眾，然後把脖子彎到地，翹起華麗的大尾巴，把翅膀斜拖在地上。

接著，牠嘰哩咕嚕念念有詞，彷彿在說：「我要賣掉大衣，買件外套，買件外套！」

嘟！有一隻雄琴雞飛到求偶場上了。

嘟！嘟！飛來了一隻又一隻，結實的腳爪蹬得地面咚咚作響。

好傢伙！瞧，台柱氣得渾身的羽毛都豎了起來。頭貼在地上，尾巴像把扇子似的張開，嘴裡發出一連串的：「啾費！啾費！」

這是挑戰的表示，意思是：「不怕羽毛被扯掉的話，就過來吧！」

在求偶場另一頭，有一隻雄琴雞答話了：「啾費！啾費！你如果不是膽小鬼，就過來試試看！」

「啾費！啾費！」哈，這裡足足有二、三十隻雄琴雞，簡直數不清了！隨便你挑，每一隻都做好了打架的準備。

雌琴雞悄悄的蹲在樹枝上，不動聲色，好像對這齣戲漠不關心。這群美女心眼多，愛耍花招！戲明明是為牠們演的。場上那些大大展開尾巴、有著血紅眉毛的黑鬥士，全是為了牠們才飛到這裡來的呀！

每一位黑鬥士都想在美女面前，展現出自己的勇敢和力氣。笨頭笨腦、弱不禁風的膽小鬼趁早滾開吧！只有膽大靈活、英勇雄壯的勇士，才配得上牠們。

瞧，好戲開場啦！滿場只聽到雄琴雞嘰哩咕嚕「啾費！啾費！」的挑戰聲。牠們把脖子彎到地上，跳跳蹦蹦的逼近……

兩隻雄琴雞碰了頭，嘴喙對著嘴喙，各自朝對手的臉上啄過去。

「啾嘶，嘶！」怒氣沖沖的低聲叫著。

天漸漸亮了。夜的薄幕從舞台上空升了起來。

在矮雲杉叢中（求偶場上這些雲杉是哪裡來的呀？）有一件金屬的東西在閃閃發光。可是這時候，雄琴雞沒有心思去注意什麼樹叢。每隻雄琴雞都在忙著對付情敵。

求偶場的台柱離樹叢最近。牠已經在跟第三個對手搏鬥。頭兩個早已經被牠打跑了。牠真不愧是台柱，整座森林裡沒有比牠更厲害的了。第三個對手既勇敢又敏捷，牠跳過去就給了台柱狠狠一擊。

「啾嘶，嘶！」台柱用嘶啞的聲音惡狠狠的喝道。

樹枝上的美女伸長了脖子，這才叫好戲呢！這才叫真正的戰鬥呢！

這隻可不會嚇跑的，無論如何也不會嚇跑。兩隻雄琴雞又跳了起來，結實的翅膀拍得劈里啪啦亂響，在半空中扭作一團。

啄了一下，又一下，搞不清楚是誰在啄誰。兩隻雄琴雞一起摔在地上，向兩邊跳開了。年輕的那隻，翅膀上的硬翎折斷了兩根，藍色的羽毛凌亂的豎在身上。年老的那隻，火紅的眉毛淌著血，一隻眼睛瞎了。

美女們心神不寧的在樹枝上換抬著兩隻腳。誰打贏了？難道是年輕的打敗了年老的？多麼漂亮的年輕小伙子，你看牠那緊密的羽毛閃著藍光，尾巴滿是花斑，翅膀上的條紋光彩奪目！

瞧，牠們又跳了起來，扭作一團。年老的在上頭！

摔倒了，向兩邊跳開。

又扭作一團。年輕的在上頭！

現在是最後一場搏鬥了。看好了！

摔倒了，可是又跳開了！

又蹦在一起，扭作一團啦！

砰！一聲槍響，雷鳴似的在森林裡迴盪。矮雲杉叢裡冒出一團煙。

求偶場上的搏鬥瞬間中止了。樹上的雌琴雞伸長了脖子發楞。雄琴雞吃驚的揚起紅眉毛。

出了什麼事？

沒出什麼事，一切太太平平。

寂靜無聲。矮雲杉叢裡的煙散了。一隻雄琴雞一回頭，看見對手就在面前。牠縱身一跳，對準對手的腦門啄過去。一對對雄琴雞廝打著。可是美女們從樹枝上看見，老雄琴雞和年輕的對手雙雙躺在地上死了。難道說，牠們互相把對方打死了？

戲繼續演出。應該看舞台上的戲才是。現在哪一對最有意思？今天哪一位黑鬥士會當上冠軍？

太陽升到森林上空的時候，戲散場了，觀眾全都飛走了。從雲杉樹枝搭成的小棚子裡，走出一位獵人。他首先拾起了老雄琴雞和牠的年輕對手。這兩隻雄琴雞渾身是血，從頭到腳都中了霰彈。

獵人把牠們塞進懷裡，又撿起被他打死的另外三隻雄琴雞，然後扛起槍，往回家的路上走去。

他穿過森林的時候，一直豎起耳朵仔細聽，還東張西望的看，很怕遇見什麼人。原來，今天他做了兩件虧心事：第一，他在法律禁獵的期間，在求偶場上開槍打雄琴雞；第二，他打死了求偶場上的老台柱。

明天，森林空地上的戲演不成了，因為台柱沒有了，沒有牠，誰來帶頭演戲呢？

求偶場上的秩序受到了破壞。

本報特約通訊員

東南西北

無線電通報

大家注意！

我們是列寧格勒《森林報報》編輯部。

今天，三月二十一日，是春分。我們和全國各地約定，今天舉行無線電通報。

東方！南方！西方！北方！請注意！

苔原！原始森林！草原！山岳！海洋！沙漠！都請注意。

請報告你們那裡目前的情況。

喂、喂！這裡是北極！

今天，我們這裡是一個大節日，因為經過一個漫長的冬天以後，終於出太陽了！

第一天，太陽從海洋裡露出頭頂，只有一點點邊緣。過了幾分鐘，就消失不見了。

過了兩天，太陽探出半個臉。

又過了兩天，太陽才升得夠高，整個鑽了出來，脫離了海洋。

現在，我們總算可以過過短暫的白天了。雖然從早到晚一共只有一個多鐘頭，可是有什麼關係呢?反正光明會越來越多：明天，白晝會比今天長一些；後天，白晝又會比明天更長一些……

我們這裡，水面和陸地都蓋著深深的雪和厚厚的冰。北極熊在牠們的冰穴，也就是熊洞，睡得正香。無論哪裡，都沒有一根綠芽，沒有一隻飛鳥，只有嚴寒與風雪。

這裡是中亞地區！

我們已經栽植好馬鈴薯，開始種棉花。這裡的太陽晒得街上揚起一陣陣灰塵。桃樹、梨樹、蘋果樹都正在開花。扁桃、乾杏、白頭翁和風信子的花都已經凋謝了。防風林帶的栽種工作開始了。

在我們這裡越冬的寒鴉、禿鼻鴉和百靈鳥，都飛到北方去了。在我們這裡度過夏季的鳥類，像是家燕、白肚皮的雨燕，都飛來了。花鳧在樹洞和土洞裡孵出了小花鳧。小花鳧鳥已經跳出巢，在水裡游起來了。

這裡是遠東！

我們這裡的狗，在冬眠過後，已經醒來了。

不，不，不，你並沒有聽錯，說的確實是狗，不是熊，也不是土撥鼠，更不是獾。

你以為在任何地方，狗都不會冬眠，對吧？可是，我們這裡的狗就會冬眠，在冬天老是睡覺。

我們這裡有一種野狗，個子比狐狸小一點，腿短短的，棕色的毛又密又長，把耳朵都遮住了。冬天，牠跟獾一樣鑽進洞裡睡覺。現在睡醒了，開始捕捉老鼠和魚。

牠的名字叫做「浣熊狗」，因為牠長得很像美洲的浣熊。也有人把牠叫做「貉」。

在南方沿海，我們開始捕捉身體扁平的魚，比目魚。在烏蘇里邊區的原始森林裡，小老虎出生了。這個時候，牠們已經睜開眼睛了。

我們每天在等候到這兒來「旅行」的魚，牠們將要從遠洋游到我們這裡來產卵。

這裡是烏克蘭西部！

我們在種小麥。

白鸛從非洲南部回到我們這裡了。我們喜歡牠們在屋頂上住下來，所以搬來了一些很重的車輪，擱在屋頂上，供牠們築巢。

現在，白鸛啣來粗粗細細的樹枝，放在車輪上，開始築巢了。

我們的養蜂農家急得要命，因為金黃色的蜂虎飛來了。這種鳥兒模樣文雅，羽毛很美麗，牠們就是愛吃蜜蜂。

喂——這裡是苔原！

我們亞馬爾半島還是道道地地的冬天，嗅不到半點春天的氣息。一群群馴鹿正在用蹄子把積雪刨開，敲破冰塊，找青苔吃。

烏鴉早晚會飛來的！每年四月七日，我們都等烏鴉飛來的這一天，當做春天的開始，就好像在你們列寧格勒把禿鼻鴉飛去的那天，當做春天的開始一樣。我們這裡沒有禿鼻鴉。

這裡是原始森林！

我們諾沃西比爾斯克這裡跟列寧格勒差不多，也是在原始林帶，有成片的針葉林和針闊葉混合林。這種原始林帶，橫貫著我們的國土。

我們這裡夏天才有禿鼻鴉。這裡的春天是從寒鴉飛來的那天算起。寒鴉不在我們這裡過冬，每年春天，牠們都是最早飛到我們這裡來的。

我們這裡一到春天，天氣一下子就暖和起來，春天非常短暫，一轉眼就過去了。

這裡是外貝加爾草原！

一群群粗脖子的羚羊動身前往南方，牠們離開我們這裡到蒙古去。頭幾個融雪的日子，對牠們來說是真正的災難。白天，雪融成水；夜裡天一冷，水又凍成冰。平坦的草原整個變成一座溜冰場。羚羊光滑的蹄子，就像站在鏡子上，在冰上滑啊滑，四隻腳往四個方向跑。

可是，羚羊完全要靠牠那四條追風腿保全性命啊！現在，在這春寒時節，不知道有多少羚羊會被狼和其他動物吃掉！

這裡是高加索山區！

在我們這裡，春天先到低的地方，然後才到高的地方，由下往上，一步一步的把冬天趕走。

山頂下著雪，山下的谷地卻下著雨。小溪奔流著，第一次春水氾濫了。河水猛漲起來，漫上了河岸。湍急的渾濁河水向大海奔流，一路上把所有的東西都沖走了。

在山下的谷地裡，花綻放了，樹葉展開了。青翠的顏色染在陽光充足又溫暖的南面山坡，一天天往山頂蔓延。

鳥類、齧齒類和食草的動物，都跟著翠綠色彩向山頂移飛、爬去。狼、狐狸、森林野貓，甚至連人都害怕的豹，也都追蹤著狍鹿、鹿、兔子、野綿羊和野山羊，向山上跑去了。

冬天向山頂退去。春天跟在冬天的後面緊追不捨，所有的生物也跟著春天上山了。

這裡是北冰洋！

冰塊，整片的冰原，從海面上向我們這裡漂來。冰上躺著一些淺灰色的海獸，兩側呈黑色。這是雌性的豎琴海豹，牠們將在這些寒冷的冰

上生下毛茸茸、白雪雪，有黑鼻頭和黑眼睛的小海豹。

小海豹出生之後，需要一段時間才能下水，牠們得在冰上躺很久，因為牠們還不會游泳！

黑臉黑腰的雄性豎琴海豹，也爬到冰上來了。牠們身上又短又硬的淡黃色毛在脫落。牠們也得躺在冰上漂流一段時間，直到毛換完為止。

現在，偵察員乘坐飛機，在海洋上空各處飛行。他們在偵察什麼地方的冰原上，有帶領著小海豹的雌海豹，以及什麼地方的冰原上，躺著換毛的雄海豹。

他們偵察完以後，飛回去向船長報告，哪裡的海豹最多——海豹密密麻麻的躺在一起，把牠們身體底下的冰都遮得看不見了。

過了不久，一艘載了許多獵人的特殊輪船，拐彎抹角的穿過一塊塊冰原，航向那裡，他們要去獵海豹。

這裡是黑海！

我們這裡沒有海豹，很少有人看過這種海獸。偶爾會有地中海的海豹，經過博斯普魯斯海峽，游到我們這裡來。牠會從水裡露出三公尺長的烏黑背脊，一下子又不見了。

不過，我們這裡有許多別種海生動物，像是性情活潑的海豚。現在在巴統城附近，正是如火如荼獵捕海豚的時候。

獵人坐上小汽艇出海，他們仔細觀察從四處陸續飛來的海鷗往哪裡飛。牠們在哪裡集合成群，那裡就一定有一群群的小魚游來游去。海豚也一定會到那裡去。

海豚非常喜歡嬉戲。牠們有如草原上的馬兒，在水中奔騰，還不時一隻跟著一隻躍出水面，在半空中翻筋斗。不過，現在可不能到牠們跟前去開槍，牠們會逃走的。必須到牠們吃東西的地方去，到牠們大吃大嚼的地方去獵捕。在這種時候，可以把小汽艇開到離牠們只有十到十五公尺遠的地方，要眼明手快，趕緊開槍，並且把打中的海豚立刻拖上船，要不然死掉的海豚會沉到海底去。

這裡是裡海！

我們裡海北部有冰，所以這裡是很多海豹的棲地。

不過，我們這裡雪白的小海豹已經長大了，換好了毛：先變成深灰色，然後變成棕灰色的。海豹媽媽從圓圓的冰窟窿，鑽出來的次數越來越少，這是牠們最後幾次給小海豹餵奶。

海豹媽媽也開始換毛了。牠們得游到別的冰塊上，到躺著一群群雄海豹的地方去，跟牠們一起換新裝。牠們身體下面的冰已經融化、破裂。牠們只好爬到岸上去，躺在沙洲或淺灘上，把還沒來得及換好的毛換掉。

我們這裡愛旅行的魚有西鯡、鱘魚、鰉魚和許多別種的魚。牠們從海裡各處游來，成群結隊，挨挨擠擠，游到伏爾加河、烏拉爾河的河口附近。牠們待在那裡，等待這幾條河流的上游解凍。

到了那時候，牠們

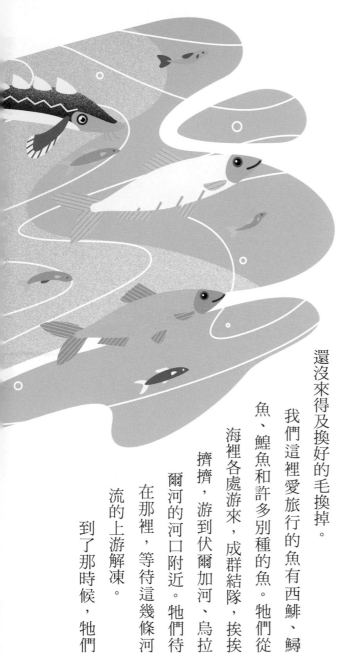

就要開始奔忙了。一群跟著一群，你擠我撞的往上游衝去，爭先恐後的趕到牠們從前由魚卵孵化出來的地方產卵。那些地方都遠在北方，在前面所說的幾條河流的大小支流裡。

沿著整個伏爾加河、卡馬河、奧卡河、烏拉爾河和它們的支流，到處有漁民布下的漁網，等著捕撈這些一心一意要回故鄉的魚類大軍。

這裡是波羅的海！

我們這兒的漁民也準備好了，要去捕黍鯡、鯡魚和鱈魚。在芬蘭灣和里加灣，等到冰一融化，就要開始捕鮭魚、胡瓜魚和白鮭了。

我們這裡的海港相繼解凍，輪船開出海灣，進行長途航行。世界各國的船隻也開始向我們這裡駛來。冬天就要過去了，愉快的日子要到來了。

這裡是中亞沙漠！

我們這裡的春天也很愉快。常常下雨，天氣還不太熱。到處都有小草從地下鑽出來，連沙地上都有。真不知道這麼多的草是從哪裡來的。

灌木長出葉子來了。酣睡了一個冬天的動物，從地底下鑽出來了。糞金龜、象鼻蟲飛來了，亮晶晶的吉丁蟲爬滿了灌木叢。蜥蜴、蛇、烏龜、土撥鼠、跳鼠等等，也都從深深的洞穴裡爬出來了。

巨大的黑色禿鷲，成群結隊從山上飛下來捉烏龜吃。禿鷲會用牠們又彎又長的嘴，把烏龜肉從龜殼裡啄出來。

春天的客人飛來了，有林鶯、鷚鳥，還有各式各樣的百靈鳥，像是蒙古百靈、黑百靈、白翅百靈、鳳頭百靈。空中充滿了牠們的歌聲。

在溫暖明媚的春天，連沙漠你都不能說它是死氣沉沉的，沙漠裡有多少各式各樣的生命啊！

我們和全國各地的無線電通報，就在這裡結束。下一次的無線電通報將在六月二十二日舉行。

森林布告欄

徵求房屋

我們近日內就要到達這裡了。現在徵求菱形小房子。四壁的面積是12×12公分，門4公分大。

捉昆蟲的雜色鳥兒
斑姬鶲　啟

我們已經來了。徵求用木板釘成的單間小房子。木板得結實，至少要有2公分厚。房子高32公分，面積是15×15公分；門得朝南，5公分大，離地23公分高。

椋鳥　啟

我們要徵求木板房，條件如下：高11公分，面積是11×11公分，門4公分，離地7公分。

白鶺鴒　啟（我們已經到了。）
斑鶲　啟（我們將在五月到達。）

我們將在五月到達。我們徵求的房子，裡面要有隔板，隔成三個房間。房子的總面積是12×36公分，門要開在屋簷下面，4公分。

雨燕　啟

第一次競賽

☆射箭要打中靶心！答案要對準題目！

① 按照日曆，哪一天是春天的開始？
② 哪一種雪融得比較快，乾淨的雪還是髒雪？
③ 誰幫榛樹散播花粉？
④ 春天的時候，森林裡哪一種鳥的羽毛，會顯著的改變顏色？
⑤ 雪兔什麼時候最容易被發現？
⑥ 小兔子剛生下來時，牠是睜著眼，還是閉著眼？
⑦ 松鼠、鼴鼠、鼩鼱，哪種動物住在地洞裡？
⑧ 一年裡面，哪兩天太陽在天上停留整整十二小時？（白天和黑夜一樣長）

9. 什麼東西，頭朝下生長？

10. 哪一種長得像浣熊的犬科動物會冬眠？

11. 飛著靜悄悄，坐著靜悄悄，等到死去腐爛了，這才高聲叫。（謎語）

12. 有一位老媽媽，冬天穿著白衣裳，春天換上一身紅紅綠綠的花衣裳。（謎語）

13. 冬天靠它取暖，春天化成一片，夏天從來不見，秋天準備出現。（謎語）

14. 回憶昨天，期待明天。（謎語）

15. 枝椏很多，卻不是樹。（謎語）

第2期

候鳥回鄉月

春季第二月　4月21日~5月20日

太陽的詩篇

四月是融雪的月分！四月還沒醒來，四月的風就已經在徜徉，預告天氣要暖和了。看著吧，還會發生點別的事情！

在這個月分裡，水從山上流下來，魚兒躍出水面。春天把大地從雪底下解放出來後，開始執行第二項任務：把水從冰底下釋放出來。融雪匯集成的小溪，悄悄流入河床，河水上漲，掙脫了冰的羈絆。春水潺潺奔流，在谷地上大規模的氾濫開來……

大地飲足了春水和溫暖的雨水，披上色彩斑斕的綠衣裳。可是，森林仍舊赤裸裸的站在那裡，靜待著變化，靜待著春天的照料。不過，樹裡面的漿液已經暗暗開始流動，芽膨脹起來，枝頭上的花一朵朵的開了。

鳥類回鄉大搬家

候鳥像洶湧的浪潮那樣，大批從越冬的地方起飛，向故鄉遷移。牠們的飛行有嚴格的秩序，隊伍整齊，一隊隊按次序前進。

今年，候鳥飛到我們這裡來的時候，經過的空中路線還是跟以前一樣。飛行時所遵守的規矩，也還是幾千年、幾萬年、幾十萬年來，牠們的祖先所遵守的那套老規矩。

頭一批動身的，是去年最後離開我們這裡的鳥；最後動身的，是去年秋天最先離開我們這裡的鳥。最晚飛來的，是羽毛鮮明華麗的鳥，牠們要等這裡新春的青草綠葉長出來，才會到達。因為如果太早飛來，在光禿禿的大地和樹木上，牠們會太顯眼。現在在我們這裡，牠們還找不到掩蔽的地方來躲避猛獸和猛禽等敵人。

鳥類的長途飛行路線，正好穿過我們列寧格勒省的上空。這條航線叫做「波羅的海線」。

這條長途飛行路線，一頭是昏暗朦朧的北冰洋，一頭是花草茂盛、天氣晴朗的炎熱地方。無數群的海鳥和居住在海濱的鳥，列隊在空中飛行，隊伍多得沒完沒了，一隊有一隊的日程，一隊有一隊的隊形。牠們沿著非洲的海岸飛行，穿過地中海，經過庇里牛斯山脈和比斯開灣的海岸，渡過一道道海峽，飛過北海和波羅的海。

一路上，有許多困難和災難等著牠們。像牆壁一樣的濃霧突然出現在這些羽族旅行者的面前。牠們在潮溼的昏暗裡迷了路，左衝右撞，撞上看不見的尖削岩石，碰得粉身碎骨。

海上的暴風刮斷牠們的羽毛，打壞牠們的翅膀，把牠們吹到離海岸很遠的地方去。驟降的氣溫把海水凍成冰，有些鳥受不了飢寒交迫，就死

在半路上了。還有成千上萬的鳥死在貪吃的鵰、隼以及鷹等猛禽的利爪下。這段時期有許多猛禽集合在鳥類遷徙的路線上，不用費什麼力，就可以大吃大嚼好幾頓美味。

也有上百萬隻候鳥死在獵人的槍下。在這一期《森林報報》中，我們會報導在列寧格勒附近獵野鴨的事情。

可是，什麼也擋不住羽族旅行者密密麻麻的隊伍。牠們穿過濃霧，衝破一切障礙，向牠們的故鄉、牠們的老家飛來。

我們這裡的候鳥，並不是都在非洲過冬，也不全是沿著波羅的海這條路線飛行。有些候鳥是從印度飛到這裡來的，灰瓣足鷸越冬的地方更遠，在美洲。牠們穿過整個亞洲，急急忙忙飛到我們這裡來。從牠們過冬的地方，到阿爾漢格爾斯克附近的棲地，差不多要飛一萬五千公里，耗費兩個月左右的時間！

戴腳環的鳥

如果你打死了一隻戴金屬腳環的鳥，那麼，就把金屬腳環取下來，寄到「中央鳥類裝環局」去吧！並附上一封信，寫明這隻鳥被你在什麼時候、什麼地方打死的。

如果你捉到一隻戴腳環的鳥，就請你記下腳環上的字母和號碼，把鳥放掉，然後寫一封信，把你的發現報告寄給前面所說的那個單位。

如果是別人打死或捉到戴腳環的鳥，而你認識那位獵人或捕鳥人，那就請你告訴他應該怎麼做。

研究人員把很輕的鋁製腳環套在鳥的腳上。腳環上的字母，代表為鳥戴上腳環的國家和研究機構。至於軋在腳環上的號碼，研究人員的紀錄本裡也記著相同的號碼，後面註明他是什麼時候、在什麼地方，為這隻鳥戴上腳環的。

研究人員用這種方法來探查鳥類生活的驚人祕密。比方說，在我國遙遠的北方某地，為一隻鳥戴上了腳環，後來牠在非洲南部、印度或是其他地方，落在別人手裡。那個地方的人會把腳環從牠腳上取下來，寄回俄羅斯。

不過，我們這裡的候鳥並不是都飛到南方去過冬，有的會飛到西方去，有的飛到東方去，有的甚至飛到北方去過冬！我們就這樣，為候鳥戴上腳環，藉此了解候鳥一些生活的祕密。

林中大事記

泥濘時期

現在郊外一片泥濘，不論是林中道路或是村道，雪橇和馬車都沒辦法走了。我們得費很大的勁，才能得到一點森林裡的消息。

雪底下的漿果

在林中的沼澤地上，蔓越橘從雪底下鑽出來了。農村裡的孩子常常跑去採蔓越橘。他們說，隔年的漿果比新漿果甜。

昆蟲過節日

柳樹開花了。疙疙瘩瘩的灰綠色粗枝條，被無數輕盈的鮮黃色小球遮得看不見了。渾身變得毛茸茸、輕飄飄的，一副喜氣洋洋。

柳樹開花的時候，就是昆蟲的節日。在那漂亮的樹叢周圍，熱鬧極了。熊蜂嗡嗡的飛著；蒼蠅無頭無腦的撞來撞去；精明強幹的蜜蜂翻動一根根纖細的雄蕊，採集花粉。蝴蝶也飛來飛去。瞧，這隻有雕花般翅膀的黃蝴蝶，是鉤粉蝶；那隻有大眼睛的棕紅色蝴蝶，是蕁麻蛺蝶。

喏，這邊一隻黃緣蛺蝶停在毛茸茸的小黃球上面了，用牠帶有黑色的翅膀遮住小黃球，把像吸管的口器深深的伸到雄蕊之間找花蜜。

在這鮮豔歡樂的樹叢旁邊，還有一簇樹，它也是柳樹，也開了花。不過，那棵柳樹的花完全是另一種樣子，怪難看的，是蓬蓬鬆鬆的灰綠色小毛球兒。小毛球上面也有昆蟲，只是沒有那麼熱鬧。原來昆蟲已經把花粉從小黃球搬到灰綠色小毛球上了。不久，每一個小瓶子似的長長雌蕊都將結出種子來。

尼娜·巴甫洛娃

柔荑花序

在大河小溪的兩岸和森林的邊緣，開出了許多柔荑花序。它們不是開在剛剛解凍的土地上，而是開在被春天的太陽晒得暖洋洋的樹枝上。

現在，有許多長長的淺咖啡色小穗，掛在赤楊和榛樹上，點綴著赤楊和榛樹。那些小穗就是柔荑花序。它們去年就長出來了。冬天裡，它們一直保持結結實實的狀態，停滯不動。現在它們舒展開了，變得鬆軟而富有彈性。

輕輕一推樹枝，它們就搖搖擺擺的冒出一陣煙塵般的黃色花粉。然而，在赤楊和榛樹的樹枝上，除了冒花粉的柔荑花序之外，還有另一種花，那就是雌花。赤楊的雌花，是褐色的小毛球；榛樹的雌花，是粗壯的苞蕾，並且從苞蕾裡伸出紅色的細鬚，好像是躲在苞蕾裡的昆蟲觸鬚似的，其實這是雌花的柱頭。每一朵雌花都有好幾個柱頭，少的有兩、三個，多的有五個。

現在，赤楊和榛樹還沒有葉子，風自由自在的在光溜溜的樹枝間遊蕩，把柔荑花序吹得東搖西晃，然後捲起花粉，把花粉從一棵樹送到另一棵樹。紅色鬚般的柱頭接收到花粉，這些模樣古怪的小花「受精」了，到秋天，它們將變成一顆顆榛果。赤楊的雌花也受精了，到秋天，它們將長成含有種子的黑色小毬果。

尼娜．巴甫洛娃

蝰蛇的日光浴

有毒的蝰蛇每天早晨爬到乾枯的樹墩上晒太陽。牠爬起來還挺費勁的，因為天氣冷，牠身體裡的血很涼很涼。蝰蛇在太陽下晒暖和了，就變得很活潑，動身去捕捉青蛙、老鼠。

螞蟻窩動起來了

我們在一棵雲杉樹下，找到一個大螞蟻窩。起初，我們以為是一堆垃圾和老針葉，根本想不到它是螞蟻窩，因為一隻螞蟻也看不到啊！

現在，窩堆上的雪融化了，螞蟻爬出來晒太陽。在長期的冬眠後，牠們變得非常虛弱，黑糊糊的聚成一團團躺在螞蟻窩上。我們用小棍子輕輕的撥弄牠們，牠們只勉強動了動。牠們連用刺激性的蟻酸回射我們的力量都沒有。

還得過幾天，牠們才能重新開始幹活。

還有誰醒來了？

還有蝙蝠和各種甲蟲，扁扁的步行蟲、圓圓的黑色糞金龜、叩頭蟲等等，也都甦醒過來了。叩頭蟲在表演牠那「暈頭轉向」的把戲：把牠仰面朝天放著，牠就把頭啪嗒一點，彈跳起來，在空中翻個跟頭，落在地上，站得好好的。

蒲公英開花了。白樺樹被綠色的霧籠罩起來，眼看要長出葉子了。下過第一場雨後，從土裡鑽出了粉紅色的蚯蚓，冒出了羊肚菌和鹿花菌等新生的蕈菇。

在池塘裡

池塘甦醒了。青蛙離開淤泥裡的床鋪，產了卵，從水裡跳上岸。

蠑螈呢，正好相反，現在牠剛從岸上回到水裡。蠑螈有條大尾巴，與其說牠像青蛙，不如說牠像蜥蜴。冬天，牠離開池塘到森林裡過冬，躲在潮溼的青苔裡睡覺。

癩蝦蟆也醒了，也產了卵。不過，青蛙的卵像膠凍，每顆卵粒裡有一個圓圓的黑點，一團團的漂浮在水裡。癩蝦蟆的卵是一長串，包覆在一條長長的膠質膜裡，卵串時常纏繞在水草上。

森林裡的清道夫

冬天，有時候嚴寒驟然來到，有些飛禽走獸措手不及，凍僵了，被埋在雪下面。春天的時候，牠們就露出來了。不過牠們不會在那裡躺很久，熊、狼、烏鴉、喜鵲、埋葬蟲、螞蟻，還有別的林中清道夫，會把牠們收拾乾淨。

它們是春花嗎？

現在可以找到許多開花的植物了，這些植物就是三色堇、薺菜、菥蓂、繁縷、歐洲野菊等等。

可別以為這些草都跟春天開的雪花蓮一樣，是從地下鑽出來的。雪花蓮是先探出綠色的梗，然後用盡它小小的力氣，挺直腰桿，於是它的小花就綻放開來了。

三色堇、薺菜、菥蓂、繁縷和歐洲野菊，從不躲起來過冬。它們滿開著花朵，勇敢的迎接冬天。等到蓋在它們頭上的白雪一融化，重見藍天，它們就醒過來了，花和蓓蕾也生氣蓬勃。

去年晚秋，我們看到草莖上的那些蓓蕾，現在都開花了，從草叢裡望著我們。

你說，它們算不算是春花呢？

尼娜·巴甫洛娃

白色的寒鴉

在小雅爾契克村的小學附近，有一隻白色的寒鴉，牠和一群普通的寒鴉生活在一起。這樣的白寒鴉，連老年人都沒見過。

我們是這所學校的學生，我們不明白，怎麼會有白色的寒鴉呢？

森林通訊員　波良．西尼采娜、葛拉．馬斯羅夫

★編輯部的說明★

鳥獸有時會生下全身雪白的幼鳥幼獸，那是因為牠們的身體裡缺少使羽毛、獸毛染色的色素，科學家稱為「白化症」。白家兔、白老鼠就是因為白化症而渾身雪白。

在野生動物中很少發現有白化症的，因為牠們很難在野外存活。有的生下來不久，就被親生父母咬死了；有的一輩子受同類迫害和攻擊。即使像小雅爾契克村的白寒鴉那樣，被親族收留在牠們的團體裡，也活

不長久，因為不管是誰都能一眼就看見牠，猛禽猛獸更是不會放過牠。

稀罕的小獸

森林裡，一隻啄木鳥高聲大叫。聲音很大，我一聽就知道：啄木鳥遇到禍事了！

我穿過叢林一看，空地上有一棵枯樹，枯樹上有一個圓圓的洞，是啄木鳥的巢。一隻罕見的小獸，正順著樹幹朝啄木鳥的巢爬過去。我認不出來牠是什麼動物。灰不溜丟的，尾巴不長、不蓬鬆；耳朵很小、圓圓的，像小熊的耳朵一樣。眼睛像鳥眼，又大又凸。

小獸爬到洞口，往洞裡瞧了瞧，看來是想吃鳥蛋。啄木鳥奮不顧身撲向牠，小獸閃到樹幹後面！啄木鳥追了過去。小獸繞著樹幹溜溜轉，啄木鳥也跟著牠溜溜轉。小獸越爬越高，上到樹幹頂端了。啄木鳥嘟的啄牠一口，小獸從樹上縱身一跳，在空中滑翔起來……

牠張開四隻小爪子，像秋天的楓葉那樣在空中飄蕩，身體輕輕的左右擺動，小尾巴像掌舵似的轉動。牠飛過草地，落在一根樹枝上。

這時候我才恍然大悟，原來牠是一隻會在空中滑翔的小獸，鼯鼠！牠的身體兩側有皮膜，張開四肢就能滑翔。牠是我們森林裡的跳傘運動員。可惜這種小獸太稀少了。

森林通訊員　斯拉德科夫

飛鳥帶來的快信

春水氾濫

春天為林中動物帶來很多災難。雪融化得很快，河水氾濫，淹沒了兩岸。有些地方還成了一片汪洋。

四面八方都傳來動物遭殃的消息。最倒楣的是兔子、鼴鼠、野鼠、田鼠以及其他住在地上和地下的小動物。水一下子沖進了牠們的住處，牠們只好從家裡逃出來。

每一隻小動物都在盡力想辦法逃避水災。小小的鼩鼱逃出洞，爬上灌木叢，待在那裡等水退去。牠看起來慘兮兮的，因為牠餓得發慌！

大水漫上岸的時候，鼴鼠差一點在地下悶死。牠從地底下爬出來，竄出水面游了起來，牠要找個乾燥的地方。

鼴鼠是個出色的游泳高手。牠游了好幾十公尺，才爬上岸。牠非常滿意，牠那油黑晶亮的毛皮，在水面上沒有被猛禽發現。

牠爬上岸後，很順利的鑽到地下去了。

樹上的兔子

兔子遭遇到什麼事呢？

有一隻兔子住在一條大河當中的小島上。每天夜裡，牠出來啃小山楊樹的樹皮。白天就躲在灌木叢裡，以免被狐狸或是人看見。這隻兔子年紀還小，而且不大聰明。河水把許多冰塊沖到小島周圍來了，劈里啪啦的響著，可是牠根本沒有注意到。

這一天，兔子安安穩穩的躺在灌木叢下睡覺。太陽晒得牠暖暖的，所以牠沒發覺河水正在迅速上漲。一直到牠感覺到自己身體底下的毛溼了，才醒過來。牠跳了起來，周圍已經是一片汪洋。開始淹大水了。現在水漫過腳背，兔子逃到島中央去，那裡還是乾的。

可是，河裡的水漲得很快。小島越來越小、越來越小。兔子從這一邊竄到那一邊，又從那一邊竄到這一邊。牠看到整座小島就快要淹到水裡了，可是又不敢往湍急冰冷的水裡跳。這麼洶湧的河水，牠怎麼游得過去！整整一天一夜，就這樣過去了。

第二天早晨，小島只剩下一小塊地方露出水面，那裡有一棵大樹，樹幹粗而多節。這隻嚇壞的兔子就繞著樹幹亂跑。第三天，水已經漲到樹的跟前了。兔子拚命往樹上跳，可是每次都掉下來，撲通一聲跌在水裡。最後，兔子總算跳

上了最低的那根粗樹枝。兔子在上面找到一個安身的地方，耐心的等待大水退去。這會兒，水已經不再上漲了。

牠並不擔心自己會餓死，因為老樹的樹皮雖然又硬又苦，還是可以充飢。最可怕的反而是風。風把樹吹得東搖西晃，兔子幾乎要從樹枝上掉下去。牠好像一個趴在船桅上的水手，腳下的樹枝好像船帆的橫骨，搖搖擺擺，下面奔流著又深又冰的河水。整棵的大樹、木頭、樹枝、麥稈、動物屍體……都在寬闊的河裡漂流著，從兔子的底下漂過去。當另外一隻兔子，隨著水浪一上一下，晃晃蕩蕩的從牠身旁漂過去的時候，可憐蟲嚇得渾身發抖。那隻死兔子的腳掛在一根枯樹枝上，肚皮朝天，四腳僵直，跟樹枝一起漂流著。

兔子在樹上待了三天。後來，水終於退了，兔子才跳下來。

現在，牠只好就這樣住在河當中的小島上，一直住到炎熱的夏天。夏天河水淺了，牠才能到岸上去。

乘船的松鼠

在春水淹沒的草地上，一位漁夫布下魚籠捉魚。他划著小船，在那些冒出水面的灌木叢中慢慢穿行。他看見一棵灌木上有一個奇怪的棕黃色蘑菇。忽然，蘑菇跳了起來，跳進漁夫的小船裡。蘑菇一跳到小船上，馬上變成一隻溼淋淋的松鼠，渾身的毛雜亂不堪。

漁夫把松鼠送到岸邊，松鼠馬上從小船跳出來，蹦蹦跳跳的鑽進樹林裡。牠怎麼會出現在泡水的灌木上？在那裡待了多久？誰也不知道。

連鳥類都在受苦

對鳥類來說，淹大水當然不是太可怕的事情。可是，牠們也因此飽受折磨呢！淡黃色的鵐鳥在一條大水渠的邊上築巢，在巢裡生了蛋。大水把巢沖壞了，也把蛋沖走了，鵐鳥只好另外找築巢的地方。

一隻田鷸待在樹上，焦急的等待大水退去。田鷸是在林中沼澤地上活動的鳥，會用牠的長嘴喙插到軟軟的稀泥裡找東西吃。牠長著一對便於在地上行走的腳，要牠在樹枝上站著，就跟狗站在柵欄上一樣彆扭。不過，牠還是待在那裡等著，要一直等到牠可以用雙腳在軟軟的泥沼地行走、用長嘴喙在上面挖洞。牠可不能離開那塊沼澤地，因為別的地方都已經被其他田鷸占據了，牠們是不會讓給牠的。

意外的獵物

有一天，我們的一位森林通訊員，他是獵人，悄悄的向一群野鴨走去。那些野鴨棲息在湖上的灌木叢後面。獵人穿著長統膠靴，在水裡輕輕的移動腳步，漫上岸的湖水淹沒到他的膝蓋。

忽然，他聽見面前的灌木叢後面，傳出一陣喧囂和潑水聲。接著，他看到一隻怪物的灰背脊，長長的、光溜溜的，在淺水裡晃動。他沒有多想，就用打野鴨的霰彈槍，對著不知名的怪物連開了兩槍。灌木叢後面的水一陣翻騰，泛起許多泡沫，後來就一點聲音也沒有了。獵人走過去看，原來他打死的是一條狗魚，大約有一公尺半長。

現在這個時期，狗魚從河裡、湖裡，游到被春水淹沒的岸上，在草裡產卵。小狗魚從卵孵出來後，就隨著退去的水，游到湖裡、河裡去。獵人不知道這件事，否則他一定不會犯法的——我們的法律禁止開槍打那些春天游到岸邊產卵的魚，狗魚和其他掠食性的魚類都不能打。

最後的冰塊

一條小河的河面上，曾經有一條「冰路」橫穿過去，這是村民駕雪橇行走的道路。春天一到，小河上的冰就浮起來裂開了。於是這一段冰路就隨著流水，搖搖晃晃的朝下游漂去了。

當中有一塊很髒的冰，上面有馬糞、雪橇的車轍和馬蹄印，還有一根釘馬蹄鐵用的釘子。起初，冰塊在河床裡漂流著。有一些白色的鶺鴒從岸上飛到冰塊上，啄食冰上的小蒼蠅。後來，河水漫上了岸，冰塊被沖到草地上。魚在被水淹沒的草地游來游去，時常從冰底下穿過。

有一天，一隻黑色小動物從冰旁邊冒出水面，爬上了冰塊。這是一隻鼴鼠。大水淹沒了草地，牠在地底下沒辦法呼吸，所以浮到水面來。後來，恰巧冰塊的一邊被乾土丘擋住，鼴鼠就跳上土丘，很快的挖了個洞，鑽進土裡去了。

冰塊又繼續往前漂。漂著，漂著，漂進了森林，撞在一截樹墩上，又被擋住了。冰塊上立刻集合了一大群遭遇水災的陸棲小動物：姬鼠和兔子。大家遭到同樣的災難，受到死亡的威脅。這些小動物又怕又冷，渾身發抖，你挨著我，我靠著你，緊緊的擠成一堆。幸好，水很快就退了。冰塊被太陽晒得融化了，只剩下那根釘馬蹄鐵的釘子留在樹墩上。小動物都跳上陸地，四散跑開了。

河裡的木材

小河裡浮著密密麻麻的木材，人們開始利用流水輸送冬天砍伐下來的木材。在小河流入大江、大湖的地方，工人築了堰堤，堵住小河口，在那裡把木材編成木筏，繼續往下游輸送。

列寧格勒省的偏僻森林裡，有幾百條小河。其中有不少是流入姆斯塔河的。姆斯塔河流入伊爾門湖，然後流過寬闊的沃爾霍夫河，再流入拉多加湖。從拉多加湖又流進涅瓦河。

冬天，伐木工人在列寧格勒省偏僻的森林裡某處砍伐木材。到了春天，他們把木材推進小河裡。不會動彈的木材就順著水上的小徑、小路和大路開始旅行了。有時候，樹幹裡住著木蠹蛾，於是木蠹蛾也跟著旅行到列寧格勒。

工人可以看見各種各樣的事情。有一位工人告訴我們以下的故事：有一隻松鼠坐在林中小河邊的樹墩上，兩隻前爪捧著一顆大松果在啃。

忽然，從樹林裡跑出一隻大狗，汪汪的叫著，向松鼠撲去。本來松鼠可以逃到樹上去的，可是附近一棵樹也沒有。松鼠把松果一丟，毛蓬蓬的大尾巴翹在背上，蹦蹦跳跳，向小河邊竄去。狗跟在後面緊追。當時，河裡浮著密密麻麻的木材。松鼠跳上離岸最近的那根木頭，再跳上第二根，然後跳上第三根。狗冒冒失失的跟著跳上木頭。可是狗的腿又長又直，怎麼能在一根根圓木頭上面跳呢？圓木頭在水面上打滾。狗的後腿一滑，前腿也跟著一滑，狗就掉到水裡了。這時河

面又漂來一大批木材。一轉眼，狗就不見了。機靈輕巧的小松鼠從一根圓木跳到另一根圓木上，躍過一根根的圓木，跑到對岸去了。

還有一位工人，看見一隻棕色的動物，有兩隻貓那麼大。牠趴在一根單獨浮著的大木頭上，嘴裡還啣著一條大魚。原來是一隻水獺！

魚兒怎樣過冬？

冬天，在天寒地凍的嚴寒時候，許多魚都在睡覺。

鯽魚和丁鱥秋天就鑽到河底的淤泥裡了。鮈魚和歐白魚在沙質的坑窪裡過冬。鯉和歐鯿到長滿莞草的河灣和湖灣，躺在深坑中過冬。鱘魚秋天就群聚到大河底的坑坑窪窪裡，密密麻麻的擠成一堆。大河在冬天不會凍透，河越深，靠近河底的水就越溫暖。這些在冬天睡覺的魚，現在都已經醒來了，開始產卵。

祝你鉤鉤不落空！

古時候有一種可笑的習俗，每逢獵人出發去打獵時，大家總是對他說：「祝你連根鳥毛也撈不到！」不過，對出發去釣魚的人，卻相反的說：「祝你鉤鉤不落空！」

在我們的讀者裡面，有不少愛釣魚的人。我們不僅想祝他們釣魚時得心應手，還要提出建議來幫助他們，告訴他們：什麼魚什麼時候在什麼地方容易上鉤。

河水解凍後，可以立刻開始用蚯蚓釣江鱈，把釣餌垂到河底。池塘和湖裡的冰一融化，就可以開始釣紅眼魚，牠們喜歡躲藏在岸邊的草叢裡。再過一些時候，就可以捕捉小雅羅魚了。水變清後，開始用漁網撈大魚、用釣鉤釣小魚。

著名的俄羅斯漁業專家庫尼洛夫說過這樣的話：「釣魚的人應該研

究魚類在春、夏、秋、冬各種天氣條件下的生活習性，這樣，當他來到河邊或湖畔時，才能正確選擇釣魚的地方。」

春水退下去後，露出河岸，水也變清的時候，開始釣狗魚、梭鱸、赤稍魚和河鱸。可以在以下這些地方釣：小河口和天然水道裡；淺灘和石灘旁；陡岸和深灣旁，特別是岸邊有淹在水裡的喬木和灌木的地方；風平浪靜、魚鉤可以拋到中間的窄河區；橋墩下、小船或木筏上；水磨坊的堤上……不論是深水裡，或是岸邊樹叢下的淺水裡，都可以釣。

庫尼洛夫還說過：「普通那種帶浮標的釣魚竿，在各種水域，從初春到深秋都可以用。」

五月中旬起，可以用紅蟲在湖泊和池塘裡釣丁鱥；再晚一點，釣擬鯉、河鱸和鯽魚的時候就開始了。最適合釣魚的地方是：岸邊的草叢、灌木旁和一公尺半到三公尺深的河灣。不要一直待在一個地方釣，如果沒有魚上鉤了，就轉移到另一叢灌木旁，或是莞草叢與牛蒡叢的空隙之間。坐在小船上釣，會方便一些。

等到小河平靜無浪、水一變清，就可以從岸上釣各種魚了。在這種風平浪靜的地方，最適合釣魚的角落是：陡峭的岸邊、河心有殘株樹叢的小坑旁、岸邊有雜草和薹草的小河灣上。

有時候，小河灣和樹叢不容易走過去，因為河岸泥濘，周圍有水。可是如果想辦法踩著草墩，或是穿高統靴走到這種岸邊去，把釣餌甩到牛蒡後或莞草叢裡，就可以釣到不少河鱸和擬鯉。

沿著岸邊走，細心尋找好地方。撥開樹叢，把釣魚竿從樹木之間伸出去，把釣餌甩在還沒有人釣過魚的地方。

橋墩旁、小河口和水磨坊的堤上，都是吸引釣魚人的好地方。在這些地方，經常可以找到魚，順利釣到一些魚。

大的雅羅魚要用豌豆、蚯蚓和蚱蜢做餌，就用普通帶浮標的釣魚竿從岸上釣，有時也可以用不帶浮標的釣魚竿。從五月中旬到九月中旬，都可以用不帶浮標的釣魚竿。

這種方法去釣各種鮭魚，適合的地方是：大坑、河水曲折處的湍流旁；林中小河比較寬闊的地方，這種地方平靜無風，堆滿了被刮倒的樹木；岸邊有許多灌木的深水潭；堤壩下和石灘下。有幾種鮭魚，要在石灘和暗礁附近釣。雅羅魚、歐飄魚和幾種不太大的魚，要在離岸不遠、水淺的急流中，或是有礫石和石底的天然水路中釣。

林中大戰（一）

林木種族之間，經常進行著戰爭。我們派了幾位特約通訊員，到前線去採訪。我們派去的幾個人，首先到了白鬍子百年老雲杉的國度。在這裡，每位老雲杉戰士都有兩根電線桿接起來那麼高，有的甚至有三根電線桿高呢！

這個國度顯得陰森森的。老雲杉戰士筆直的站在那裡，保持著陰鬱的沉默。它們的樹幹，從基部到樹梢都是光溜溜的，只偶爾有些彎彎曲曲的枯枝，翹在樹幹上。在離地高高的空中，巨樹亂蓬蓬的針葉樹枝，手拉手似的互相纏繞，像一座巨大的屋頂，遮住了它們整個國度。陽光射不透厚厚的帳幕，下面黑黝黝的，很不透氣，發出一種潮溼、腐朽的氣味。偶然出現在這裡的各種綠色小植物，全凋零枯萎了。只有苔蘚和地衣對這個沉悶國度的生活感到滿意，它們喝它們主人的血——樹液，貪婪的密集在戰死的巨樹屍體上。

在這裡，我們的特約通訊員沒遇到一隻動物，也沒聽見一隻小鳥的歌聲。他們只看見一隻孤僻的貓頭鷹，到那裡去躲避明亮的日光。牠被我們的通訊員吵醒，豎起渾身的毛，抖動著鬍子，角質的鉤形嘴喙發出一陣嘖嘖的聲音。

不刮風的日子，在雲杉種族的國度裡，是一片沉寂。風從上面刮過去的時候，那些堅定而挺立的巨樹，只是搖搖布滿針葉的樹梢，氣勢洶洶的發出噓噓的聲音。

我們的通訊員走出雲杉的國度後，進入白樺和山楊種族的國度。在這裡，白皮膚、綠卷髮的白樺樹和銀皮膚、綠卷髮的山楊樹，用窸窣聲歡迎他們，顯得和藹可親。數不清的鳥兒在枝葉間歌唱。陽光穿過樹梢的葉子傾瀉下來，把那裡的空氣照得斑斑斕斕的：空中不時閃過一道日影，陽光形成的金黃色小舌、圓圈、月牙兒和小星星，從光滑的樹幹上滑過去。矮小的草在地上密集生長著，顯然，它們在主人的綠帳篷下感到無拘無束，跟在自己家裡一樣。野鼠、刺蝟和兔子在我們通訊員的腳下竄來竄去。風從上面刮過去的時候，在這快樂的國度裡是一片喧嘩。沒有風的時候，這裡並不是寂靜無聲，山楊的樹葉顫抖著，發出沙沙的聲音，它們日夜不停的竊竊私語。

這個國度的邊境是一條河，河那邊是一片荒漠，一塊很大的砍伐跡地。冬天，伐木工人在這裡砍伐木材。過了這片荒漠，又是巨大的雲杉群落，像一堵黑黝黝的大牆。我們編輯部知道，森林裡的雪一融化，砍伐跡地這片荒漠立刻就會變成一個戰場。林木種族的居住地擁擠不堪，只要附近空出一點新地方，每個種族都急於把它搶到手。我們的通訊員過了河，在砍伐跡地上搭了一頂帳篷住下來，成為這場戰爭的見證人。

一個陽光燦爛的溫暖早晨，從遠方傳來一陣劈啪聲，好像槍在對射的聲音。我們的通訊員匆忙趕到那裡。原來是雲杉開始進攻了：它們派出空軍去占領空出的土地。太陽晒熱了雲杉的大毬果，毬果就發出劈里啪啦的聲音。毬果一顆顆裂開了。每顆毬果裂開時，都發出砰的一聲，好像有誰在用玩具小手槍似的。毬果緊包著的鱗片一下子張開來了。毬果就像一個祕密的軍事掩蔽所，一張開，立刻從裡面飛出許多很小很小的滑翔機——都是雲杉的種子。

風托住它們，一會兒舉得高高的，一會兒放得低低的，捧著它們，一路旋轉，在空中前進。每棵雲杉有上百顆毬果，每顆毬果裡藏著一百多架小滑翔機。無數的種子在空中飛著，降落在砍伐跡地上。雲杉種子有一點重量，但只有一片扇形翅膀，小風不能把它們送得很遠。它們沒有飛到大片的砍伐跡地，只飛了一小段路就掉在地上了。幾天後，刮了一場大風，雲杉的小滑翔機才總算把空出來的地方全部占領了。接著，又是幾個春寒的早晨，嬌嫩的種子差一點凍死。可是後來下了一場溫暖的春雨，大地變鬆軟了，才收留了這批小小的移民。

雲杉種族占領砍伐跡地的時候，河那邊的山楊正在開花。它們毛茸茸的柔荑花序裡的種子，才剛開始成熟。

過了一個月，夏天臨近了。

在雲杉種族陰森森的國度裡，開始過佳節了。雲杉的樹枝上點起了紅蠟燭——原來是新生的毬果。它們還換上了盛裝：墨綠色的針葉樹枝上，綴滿了金黃色的柔荑花序。雲杉開花了，它們正在悄悄的儲備明年要用的種子呢！

現在，那些埋在砍伐跡地裡的雲杉種子，被溫暖的春水一泡，膨脹起來了。它們將會破土而出，成為小樹苗。

白樺樹卻還沒有開花！

我們的森林通訊員認為，新大陸會被雲杉完全占領，其他林木種族錯過了機會。他們對這樣的想法十分有把握，看不出一點戰爭的苗頭。

農村生活

農村新聞

雪剛剛融化，農村裡的村民就駕駛著拖拉機到田裡去了。犁田用拖拉機，耙地也用拖拉機，如果拖拉機掛上鋼爪，還能把樹墩連根拔起，開闢荒地來種田。

接著馬上飛來一些黑裡透藍的禿鼻鴉，大模大樣的一步一步跟在拖拉機後面走。黑色的渡鴉和白腰身的喜鵲，在遠一點的地方蹦蹦跳跳。犁和耙從土裡翻出來的蚯蚓、甲蟲和甲蟲的幼蟲，都是鳥兒的好點心。

地犁好了，耙過了，拖拉機已經拖著播種機在田裡跑了。選好的種子從播種機裡一行一行均勻的撒在田裡。在我們這裡，最先種的是亞麻，然後種嬌氣的小麥，再種燕麥和大麥，這些都是

「春播作物」。

至於秋播作物，黑麥和小麥，現在已經長到離地好幾公分高了。那兩種麥子去年秋天就播種了，發了芽，現在長起來了。

天濛濛亮和黃昏的時候，在生氣勃勃的綠叢中，好像有一輛看不見的大車在吱吱的響，又好像有一隻巨大的蟋蟀在唧唧的叫：

「契爾爾——維克！契爾爾——維克！」

不是的，不是大車，也不是蟋蟀，而是有「田公雞」之稱的灰山鶉在叫。牠渾身灰色，外帶白色的花斑，兩頰和頸部橘黃色，黃腳，紅眉毛。牠的妻子雌灰山鶉在綠叢中的某個角落築了巢。

草地上的嫩草發芽了。黎明時，牧童已經開始把牛群、羊群趕到草地上。一陣陣的馬嘶聲和牛羊的叫聲，叫得很響，把住在農村小房子裡的孩子吵醒了。

人們有時候可以看到一些奇怪的「騎士」，騎在牛背上和馬背上，那是寒鴉和椋鳥。牛走著，有翅膀的小騎士用嘴巴在牛背上啄著，嘟！嘟！嘟！本來牛可以甩甩尾巴，像驅趕蒼蠅那樣把牠們趕走。可是，牛忍耐著，不驅趕牠們。為什麼呢？

很簡單：反正小騎士的身體也不重，而且牠們對牛和馬還有好處。原來，寒鴉和椋鳥會啄食藏在牛和馬身上的寄生蟲，以及蒼蠅在牠們擦破或碰傷的皮膚上產的卵。

肥碩碩、毛茸茸的熊蜂早就醒來了，嗡嗡的叫著；亮晶晶、細腰身的胡蜂飛舞著；蜜蜂也該出來了。農村裡的村民把在藏蜂室和地窖裡過冬的蜂箱拿出來，放在養蜂場上。金黃色翅膀的蜜蜂，從蜂箱爬出來，在陽光下待了一會兒，晒得暖和和的，伸伸翅膀，然後飛去採甜美的花蜜。這是今年第一次採蜜！

農村的植樹工作

我們列寧格勒省各個農村，春天栽植了好幾千公頃的樹木，許多地方開闢了面積十到五十公頃的新苗圃來培育樹苗。

新的城市

經過昨天一個晚上，果園附近就出現了一座新城市。

這座城市裡的房子樣式是一致的。聽說這些房子不是蓋起來的，而是用擔架抬來的。

天氣暖洋洋的，這座城市裡的居民很高興，都出來遊玩了。牠們在自己住家的上空盤旋著，想辦法記住自己家所在的街道和所住的地方——這座新城市就是村民放置在養蜂場裡的蜂箱！

馬鈴薯過節

如果馬鈴薯會唱歌的話，你今天就能聽見一首非常歡樂的曲子。原來今天是馬鈴薯的節日，而且是一個大節日——今天，馬鈴薯運到田裡去了！大家小心翼翼的把它們裝在木箱裡，放在車上運走了。

為什麼要小心翼翼的裝呢？為什麼要裝在木箱裡，而不是裝在麻袋裡？因為每一顆馬鈴薯都發芽了。多麼好的芽呀！短短、胖胖的，晒得黑黑的。它們的下面有許多白色小凸包，就要長出根了。芽的上面尖尖的，露出了很小的葉子。

神祕的坑

校園裡，秋天就挖好了一些坑，也不知道是做什麼用的。常常有青蛙掉進坑裡，所以，有人以為這是專門用來捉青蛙的陷阱。

可是現在呢？連青蛙都明白了：這些坑是栽植果樹用的。

孩子們在坑裡栽種蘋果樹、梨樹、櫻桃樹或李子樹，一個坑裡種一棵。他們還在每個坑中間立了一根木樁，把小樹綁在木樁上。

尼娜・巴甫洛娃

修「指甲」

村裡的美容師在幫牛修「指甲」。他把牛四隻腳上的蹄都刷乾淨、修好了。不久，這些蹄子就要走到牧場去，所以得修整得好好的。

開始做農活

拖拉機日夜不停在田裡轟隆轟隆的開著。夜裡，拖拉機單獨工作；到了早晨，就有一群禿鼻鴉放肆的盯著拖拉機。禿鼻鴉忙得團團轉，來不及吃完被拖拉機翻出來的蚯蚓。

在江河和湖沼附近，跟在拖拉機後面的，就不是一群群的禿鼻鴉，而是一群群白色的海鷗。海鷗也很愛吃蚯蚓和在土裡過冬的甲蟲幼蟲。

奇怪的芽

有些黑醋栗上面有著奇怪的芽。芽又大又渾圓。有些芽張開了，很像極小的甘藍葉球。我們用放大鏡觀察這樣的芽，忍不住驚叫起來！那裡面住滿了惹人厭的生物，長長的，彎彎的，還蹬著腿、彈鬍子呢！

原來是蜱蟎躲在芽裡面過冬，怪不得芽脹得這麼大！蜱蟎是黑醋栗最可怕的敵人。牠們不但毀了黑醋栗的芽，還把傳染病帶到黑醋栗上，使得它無法結果實。

如果在一棵黑醋栗上膨脹的芽不多，就得趁蜱蟎還沒爬出來，趕緊把這種芽全部摘下來燒掉。膨脹的芽如果太多，就只好整棵燒掉了。

順利的飛行

農村裡「飛」來了一批小魚，一歲的小鯉魚。牠們是裝在木箱裡，搭乘飛機飛來的。雖然魚一般是不飛行的，可是牠們都還活得好好的，身體很健康，已經歡歡喜喜的在村子的池塘裡游來游去了。

植樹週開始！

雪早就融化了，土地解凍了。在城市和省區裡，植樹週開始了。春天植樹的日子成了佳節，也就是「植樹節」。

在學校附屬的園地上、花園裡、公園裡、住宅附近和大路上，到處都有孩子忙著挖洞，準備種樹的地方。

涅瓦區少年自然科學家試驗站已經準備了好幾萬根果樹枝條。把枝條插在土裡，就能長成新的果樹。苗圃也把兩萬棵雲杉、白楊以及楓樹的苗木，分給海濱區各所學校。

列寧格勒塔斯通訊社

種子撲滿

田地遼闊無邊，要保護這麼多田地不受風害，得造多少林啊！我們學校的孩子知道「造護田林帶」這件事的重要性。所以，春天時，在六年級甲班教室裡，擺了一個大木箱，作為「林木種子撲滿」。

孩子用桶子裝了種子，帶到學校來，倒進木箱裡。有楓樹的種子，有白樺的柔荑果序，有結結實實的棕色橡實……。比方說維加，他光是梣樹種子就收集了十公斤。到秋天時，林木種子撲滿已經裝得滿滿的。我們把收集到的種子全都捐給政府，讓政府用來開設新的苗圃。

麗娜．波良闊娃

果園和公園裡

一層柔和而透明的綠色霧氣，把樹木籠罩起來了。等到樹木開始萌發葉子，這層霧就會消散。

一隻漂亮的大蝴蝶出現了，是黃緣蛺蝶。牠渾身褐色，帶著淺藍色斑點，像天鵝絨似的，翅膀外緣是灰黃色的，彷彿褪了色一樣。

還有一隻有趣的蝴蝶也飛出來了。牠很像蕁麻蛺蝶，只是比蕁麻蛺蝶小一些，顏色沒有那麼鮮明，是淡棕色的。牠翅膀上的鋸齒比較深，好像是扯破了一樣。捉一隻來仔細觀察，可以看到翅膀腹面有一個白色的英文字母「C」。簡直讓人以為是誰故意畫上去的白色記號。這種蝴蝶的名字叫做「黃鉤蛺蝶」。

暗脈菜粉蝶和大紋白蝶等白色的蝴蝶，不久也要出來了。

七　鰓鰻

在俄羅斯，從列寧格勒到庫頁島，大大小小的河流裡都可以看到一種奇怪的魚。這種魚的身體又窄又長，乍看之下，會以為牠是一條蛇！牠的身體兩邊沒有鰭，只在背上和靠近尾巴的地方長著鰭。牠游動的時候，身體一彎一扭的，活像一條蛇。牠的皮很鬆軟，沒有鱗；牠的嘴不是普通的魚嘴，而是一個漏斗形的圓洞，是個吸盤。你看了這個吸盤，會以為牠根本不是魚，而是巨大的水蛭。這是「七鰓鰻」。

在俄羅斯農村裡，大家叫牠「七孔鰻」，因為在牠的眼睛後面，身體兩旁，一邊有七個呼吸孔，也就是七個鰓。

七鰓鰻的幼魚很像泥鰍。孩子常常捉牠們，掛在釣鉤上做魚餌，用來釣掠食性的大魚。有時候，七鰓鰻用吸盤吸附在大魚身上，跟著大魚在河裡旅行，大魚怎麼也擺脫不掉牠。漁夫還說，有時候七鰓鰻會吸附在水底的石頭上。牠吸住石頭後，就全身扭動起來，不斷的扭著，把石頭都搬動了，這種魚的力氣竟然有那麼大！七鰓鰻把石頭搬開後，就會在石頭底下的淺坑產卵。這種奇怪的魚還有個名字，叫做「石吸鰻」。

儘管牠的樣子不太好看，不過把牠用油煎一煎、加醋，卻很美味。

街上的生活

蝙蝠開始在夜晚空襲郊區。牠們絲毫不理會路上的行人，只顧著在空中追捕蚊蟲和蒼蠅。

燕子飛來了。在我們列寧格勒省有三種燕子：一種是家燕，牠有叉子似的長尾巴，喉部為紅褐色；一種是毛腳燕，短尾巴，白咽喉；一種是灰沙燕，個子比較小，灰褐色，白胸脯。

家燕在郊區的木房築巢；毛腳燕的巢多築在石頭房子上；灰沙燕在懸崖挖洞，孵育小燕子。

燕子飛來一段時間以後，雨燕才飛來。雨燕和燕子很容易區分。雨燕往往刺耳的尖叫著，在屋頂上飛來飛去。牠們看上去渾身烏黑，翅膀不像燕子那樣是尖角形的，而是呈半圓形，像一把鐮刀似的。

叮人的蚊子也出來了。

市區裡的海鷗

涅瓦河剛一解凍，河面上空就出現了海鷗。牠們一點也不怕輪船和城市的喧鬧聲，當著人的面，鎮靜從容的從水裡捉小魚吃。

海鷗飛累了，就停到鐵皮屋頂上，待在那兒休息。

有翅膀的旅客

誰也想不到，飛機裡坐的是有翅膀的小旅客。因為聽到了音調均勻的嗡嗡聲，才猜想到這件事。

一批高加索蜜蜂分乘在兩百間舒服的客艙——三合板做的木箱裡。八百個蜜蜂家庭用飛機從庫班空運到列寧格勒來。這些小旅客一路上有吃有喝，工作人員還提供蜂蜜給牠們呢！

伊凡琴科

出太陽下雪

五月二十日，早晨的太陽亮晃晃，東方天空藍瑩瑩，可是想不到這時候竟然下起雪來。亮晶晶的雪花，像螢火蟲似的，輕飄飄的在空中徐徐飛舞……

冬老人呀！你嚇唬不了誰的，現在你的雪花壽命不長了！這光景，就好像夏天出太陽下雨一樣，太陽透過雨絲露出笑臉。這樣的雨只會使蕈菇長得更快。現在，雪一落到地上，就融化了。

我到城外的森林去看看，也許會發現，在那一落地就融化的雪花下面，有滿是皺褶的褐色蕈菇，早春第一批好吃的羊肚菌和鹿花菌！

摘自一位少年自然科學家的日記

森林通訊員　維利卡

布——穀！

五月五日早晨，郊外的公園裡響起了第一聲「布——穀」！

一星期後，在一個溫暖而寧靜的晚上，忽然有什麼東西在灌木叢裡鳴叫起來了。叫聲是那樣清脆，那樣動聽！起初是輕輕的叫，隨後越叫越響，後來索性放聲尖嘯、囀啼起來了。歌聲一陣接著一陣，彷彿有誰撒下一把細碎的豌豆似的！

這時候，大家都聽明白了：是夜鶯在歌唱。

打獵的故事

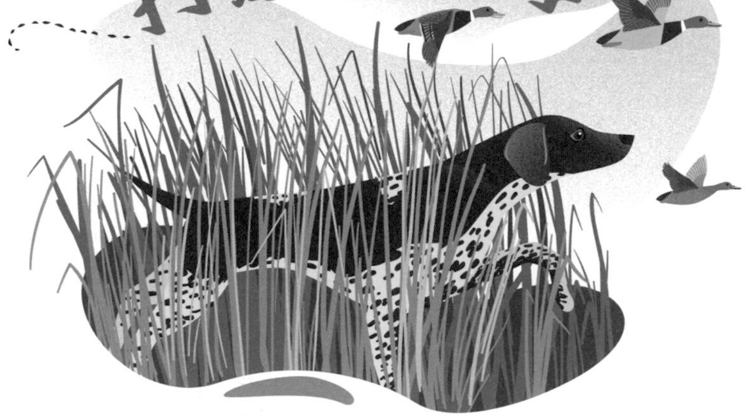

在市場上

這些日子，列寧格勒的市場上販售著各種野鴨。有渾身烏黑的野鴨，有非常像家鴨的野鴨；有個兒很大的野鴨，也有個兒很小的野鴨。有些野鴨的尾巴又長又尖，像錐子一樣；有些野鴨的嘴喙很寬，像鏟子似的；有些野鴨的嘴喙很窄。

外行的主婦去買野味，可糟糕了。她買隻野鴨回去，烤好了，可是沒有人要吃，因為野鴨渾身魚腥味。原來她在市場上買的是專門潛水吃魚的野鴨，也許是秋沙鴨，或者根本不是野鴨，而是鸊鷉，這種水鳥同樣擅長潛水捕魚。

然而，有經驗的主婦能一眼就區分潛水的野鴨和好野鴨，她一看野禽小小的後腳趾就知道了：善於潛水的野鴨，後腳趾上有一大塊突起的厚皮；在河面上生活的「珍貴」野鴨，後腳趾上突起的厚皮很小。

在馬爾基佐夫湖打野鴨

春天，馬爾基佐夫湖有很多野鴨。

涅瓦河口到科特林島之間這一部分的芬蘭灣，自古以來就叫做「馬爾基佐夫湖」。列寧格勒的獵人喜歡到那裡打獵。

你到斯摩棱河去看看。你會看到，在斯摩棱墓場附近，有一些形狀古怪的小船，有白色的，也有和河水一樣顏色的。船底完全是平的，船頭、船尾往上翹起，船身雖然不大，可是格外的寬。這是打獵用的船。

也許你運氣好，在黃昏時分還能碰到一位獵人。這位獵人把船推到小河裡，把槍和其他東西放在船上，然後用一支舵槳兩用的槳，順著流水划去。划二十多分鐘，就能到馬爾基佐夫湖了。

涅瓦河上的冰早就融化了，可是河灣裡還有一些大冰塊。船迎著灰色的波浪，飛快的向冰塊衝去。獵人把船划到一塊大冰塊旁邊，靠攏過去，自己跨上了冰塊。他在皮襖外披了一件白罩衫，從船裡抓出一隻雌的野鴨「囮子」。用來誘捕同類的鳥，稱為「囮子」。獵人拴好囮子，把囮子放到水裡，繩子的另一頭拴在冰塊上。雌野鴨立刻開始叫喚。

獵人坐上船，划走了。

叛徒野鴨和白衣隱身人

沒多久，遠處一隻野鴨從水上飛起。這是一隻雄野鴨。牠聽見雌野鴨的叫聲，就向雌野鴨飛來了。牠沒來得及飛到雌野鴨身邊，只聽到砰的一聲槍響，又是一聲，雄野鴨就掉進水裡了。

野鴨囮子完全知道自己的任務，不停的叫啊叫，成了獵人的走狗。牠的叫聲招來了許多雄野鴨。牠們從四面八方向牠飛來了。

牠們只看見雌野鴨，卻沒注意到白花花的冰塊旁邊，有一艘白色的船，船裡還坐著一位身披白罩衫的獵人。獵人放了一槍又一槍。各種各樣的雄野鴨，都落到他的船裡了。

一群群野鴨沿著海上長途飛行路線，紛紛飛過去。太陽落入大海。城市的輪廓看不見了，只看見那個方向亮起星星點點的燈火。

天黑了，不能再放槍了。獵人把野鴨囮子放進船裡，把船錨拋在冰塊上，拴得牢牢的，使船緊緊的靠近冰塊，免得被浪打走。得打算一下過夜的事情了。

起風了，烏雲遮滿天空。黑漆漆的，伸手不見五指。

水上的房子

獵人把一個弧形木架安置在船的兩舷上，然後解開帳篷，張在木架上。他燃起爐火，舀了一壺水，放在爐子上燒。

雨點乒乒乓乓敲在帳篷上。獵人才不怕下雨呢，反正帳篷不透水。帳篷裡又乾燥又明亮，爐子像火爐似的散發著熱氣。獵人喝著熱茶，吃了東西，也餵了他的助手雌野鴨，接著便抽起菸來。

春夜很短。天邊又露出一道明亮的白光。它逐漸伸長、變寬。烏雲散了。風息了。雨停住了。

獵人從帳篷探頭向外望。遠處，黑黝黝的海岸隱約可見。但是，看不見城市的輪廓，也看不見城市的燈火——原來經過一夜，風把冰塊遠遠的吹到大海裡了。糟糕！得划很長的時間才能回到城裡。夜裡，幸虧這塊冰塊沒有和別的冰塊相撞，否則船會被兩塊冰塊擠成碎片，獵人自己也會被壓成肉餅。

不能閒著，趕快行動吧！

天鵝來了！

野鴨囮子拚命在水上大叫。不過，現在有一隻雪白的大天鵝和牠並排，隨波浪起伏著。天鵝不叫，因為牠是一隻假天鵝。

一隻又一隻野鴨飛過來。獵人打了幾槍。

忽然，從空中傳來一種聲音，好像遠方的喇叭聲。

「克爾魯——魯嗚，克爾魯——魯嗚，魯嗚……」

嗖，嗖，嗖，一陣拍翅膀的聲音，一大群野鴨落在野鴨囮子旁邊。

可是獵人連一眼都不看牠們。

他動作敏捷的往獵槍裡裝子彈，然後兩隻手掌合攏，舉到嘴邊，吹起勾引野禽的聲音：

「克爾魯——魯嗚，克爾魯——魯嗚，魯嗚，魯嗚，魯……」

在很高很高的地方，就在雲彩下面，有三個黑點漸漸變大了。喇叭似的叫聲越來越清楚，越來越宏亮，越來越刺耳。獵人不再跟牠們應聲答腔了，因為天鵝在近處的叫聲，人是學不像的。

現在可以看到，有三隻白天鵝，慢慢揮動著沉重的翅膀，飛到了冰塊附近。牠們的翅膀在太陽底下閃著銀光。

天鵝越飛越低，兜著平穩的大盤旋。

牠們從上面看見了冰塊旁的天鵝，以為呼喚牠們的就是牠，心想牠不是飛得精疲力竭，就是因為受傷而脫了隊，於是向牠飛過來。

牠們打了個盤旋，又打了個盤旋……

獵人坐在那裡一動也不動，只用眼睛盯牢牠們。這三隻巨大的白鳥伸長脖子，一會兒離他近一些，一會兒離他遠一些。

槍聲響起

又打了個盤旋。現在天鵝在空中已經飛得很低，離船很近很近了。

砰！頭一隻天鵝的長脖子，像鞭子似的垂了下來。

砰！第二隻天鵝在空中翻了個跟頭，重重跌在冰塊上。

第三隻急忙往上衝，一下子就消失在遠方了。

獵人難得像今天這樣走運。

現在快回家吧！但是，要把小船划回城裡去，可不簡單。

濃霧把馬爾基佐夫湖籠罩了起來，十步以外什麼也看不見。

市區傳來的汽笛聲，隱隱約約的，一會兒在這邊，一會兒在那邊，實在叫人搞不清楚應該往哪邊划。

薄冰撞在船上，發出像玻璃破碎的輕微叮噹聲。

細碎的冰渣，在船頭下沙沙作響。

可是，怎麼才能飛快的划船呢？萬一撞上結實的大冰塊怎麼辦？到時候，船會打翻，一個跟頭翻到水底去！

第二天……

在安德列耶夫市場上，一大群人每個都一臉好奇的打量著兩隻雪白的大鳥。牠們從獵人的肩膀上倒掛下來，嘴巴差不多碰到地。

孩子們把獵人圍了起來，你問一句，我問一句：

「叔叔，這是哪裡打來的？我們這裡也有這種鳥嗎？」

「牠們正在往北方飛，要飛到北方去築巢。」

「嗯，巢一定很大吧？」

主婦們關心的卻是另外的事：

「請問，這種鳥可以吃嗎？沒有魚腥味吧？」

獵人回答著她們的話，可是耳朵裡還迴響著天鵝吹喇叭似的叫聲，野鴨迅速揮動翅膀的嗖嗖聲，薄冰撞在船上發出的玻璃破碎聲……

禁獵天鵝

上面所說的，是從前的事情。

現在，每年春天仍舊有天鵝從列寧格勒的上空飛過去，從雲霄裡傳來牠們吹喇叭似的響亮叫聲。可是現在天鵝少了，比以前少很多。獵人都千方百計想要打到這種美麗的大鳥，因此獵殺得太多了。

現在我們這裡，嚴格禁止打天鵝。誰要是打死了天鵝，就要受罰，而且罰錢的數目還不小呢！

至於野鴨，大家照舊在馬爾基佐夫湖打，因為野鴨多得很。

森林布告欄

請大家踴躍報名！

歡迎加入「救護鳥獸協會」，救護被水淹的兔子、狐狸、松鼠、鼴鼠和其他陸生的大小動物。

凡是救護受難動物的人，一律發給「動物救援大使」獎章。

獎章由少年自然科學家設計、製作，在厚紙圈上包上金色或銀色的紙。

由少年自然科學家小組決議：把金獎章發給救護大型動物的人，大型動物是指麋鹿、狍鹿等比狐狸大的動物；把銀獎章發給救護小型動物的人，小型動物包括兔子、松鼠、鼴鼠、刺蝟等等。

為鳥準備房子！

我們的好朋友，撲滅害蟲的知名高手——會唱歌的鳥兒，現在正在尋找孵育雛鳥的房子。我們懇切的要求讀者幫助牠們，為牠們準備房子：

樹幹上，在枯枝脫落的地方，很容易把它挖深，使它變成一個洞。在老樹腐朽的樹幹上，也容易挖洞。山雀、紅尾鴝、斑姬鶲和其他喜歡在樹洞裡築巢的鳥類，例如小型的貓頭鷹和黑啄木等，很樂意借住這種樹洞。

至於那些在矮樹叢裡築巢的鳥，可以把灌木的樹枝紮成一束，方便牠們做巢。另外，可以在樹上釘上樹洞式的人造鳥巢，提供給習慣在淺樹洞裡築巢的斑鶲和紅胸脯的歌鴝使用。

第二次競賽

☆射箭要打中靶心！答案要對準題目！

1 最先出現的食用蕈菇是什麼蕈菇？
2 為什麼禿鼻鴉跟在耕地的拖拉機後面走？
3 青蛙的卵和癩蛤蟆的卵有什麼不一樣？
4 在列寧格勒省，雨燕和燕子誰先飛到？
5 為什麼寒鴉和椋鳥要停在牛和馬的背上？
6 春水氾濫時，哪些鳥受苦？
7 春水氾濫時，禁止開槍打什麼魚？
8 鳥類和蛇類，哪一種比較怕冷？
9 身體兩側有皮膜，張開四肢能在林中滑翔的動物是什麼？

⑩ 列寧格勒省偏僻的森林裡，砍伐下來的木材靠什麼運送？

⑪ 像頭黑牛不是牛，六條腿兒沒蹄子。飛的時候連聲吼，落地是個挖土的好手。（謎語）

⑫ 前頭看看，像把錐子；後頭看看，像把叉子；橫裡看看，像個紡線錘子；背上披塊藍呢子，胸前掛塊白帕子，說話呢喃像女子。（謎語）

⑬ 有個害人精，五月才出門。不是魚蝦，不是飛禽，不是走獸，也不是人。飛在空中哼哼哼，歇了下來不作聲，誰要朝牠打一下，牠就流出血來命歸陰。（謎語）

⑭不會地上跑，不會往上瞧，不會做個巢，卻會生養無數的小寶寶。（謎語）

⑮四個走路的傢伙，兩個頂撞的傢伙，還有一個鞭子似的傢伙。（謎語）

第3期

歌唱舞蹈月

春季第三月　5月21日~6月20日

太陽的詩篇

五月了，唱歌吧！玩樂吧！現在，春天才鄭重其事的開始做第三件事：幫森林穿衣裳。現在，森林裡快樂的月分，歌唱舞蹈月，開始了！

勝利了，太陽的光和熱完全勝利了，戰勝了冬季的寒冷和黑暗。晚霞和朝霞握手，在我們北方，「白夜」開始了——即使在晚上，天空還是亮的。生命奪回大地和水之後，挺直了身軀。高大的樹木披上亮閃閃的綠衣裳，由新樹葉綴成的衣裳！無數有翅膀的昆蟲，飛到空中去了。一到黃昏，夜裡不睡的夜鷹和行動敏捷的蝙蝠，就飛出來捕食牠們。白天，家燕和雨燕在空中飛翔；鵰和鳶在耕地和森林的上空盤旋。紅隼和百靈鳥在田野上空抖動翅膀，彷彿身體被一根線吊在雲上似的。

沒有鉸鏈的大門打開了，裡面的金翅膀住戶：勤勞的蜜蜂，飛了出來。大家都在唱歌，都在遊戲，都在跳舞；琴雞在地上，野鴨在水裡，啄木鳥在樹上，田鷸在森林的上空。現在，用詩人的話來說：「在我們俄羅斯，每一隻鳥、每一隻動物都在歡樂。肺草從去年的敗葉下鑽了出來，現在在樹林裡散發著藍色。」

我們把五月叫做「唔月」。

這是為什麼呢？

因為五月裡，要說天氣涼，卻又挺暖和的；要說挺暖和，卻又挺涼的。白天有太陽，夜裡——唔！甭提有多涼了！五月裡，有時候樹蔭下是天堂；有時候得為馬鋪上稻草，自己爬上火炕。

快活的五月

每一隻動物都想展示一下自己的勇敢、力氣和靈巧。現在很少聽得到歌聲，也很少看得見舞蹈，所有動物的牙和嘴巴都在發癢，牠們想打架。絨毛、獸毛和羽毛滿天飛。森林中的動物都在奔忙，因為這是春季最後一個月了。

夏天快來了，隨著夏天到來，需要為築巢和育雛這些事情操心了。

農村裡的人說：「春天很想留在俄羅斯，一輩子不走，可是等到布穀鳥一叫，夜鶯一啼，它就倒在夏天的懷裡了。」

林中大事記

林中樂隊

在這個月裡，夜鶯唱起歌來，白天黑夜裡老是聽得見牠們尖聲叫著、囀啼著。孩子們都覺得奇怪：牠們什麼時候睡覺？春天時，鳥兒是沒時間睡覺的，每次只能短短睡一小覺：唱一陣，打個盹兒，醒來再唱第二陣；半夜裡睡一會兒，中午睡一會兒。

在清晨和黃昏，不光是鳥，森林裡所有動物都在唱歌奏樂。各唱各的曲子，各用各的樂器；各有各的唱法，各有各的奏法。在森林裡可以聽到清脆的獨唱、拉提琴、打鼓、吹笛；可以聽到喊吠聲、嗥聲、咳嗽聲、呻吟聲；也可以聽到吱吱聲、嗡嗡聲、呱呱聲、咕嘟聲。燕雀、夜鶯和歌聲婉轉的鶇鳥，用清脆、純淨的聲音唱著。甲蟲和蚱蜢吱吱嘎嘎的拉著提琴。啄木鳥打著鼓。黃鸝和白眉歌鶇尖聲尖氣的吹著笛子。狐狸和雷鳥吠叫著。狍鹿咳嗽著。狼嗥叫著。貓頭鷹哼哼唱著。熊蜂和蜜蜂嗡嗡響著。青蛙咕嚕咕嚕的吵一陣，又呱呱的叫一陣。沒有好嗓子的動物，也不覺得難為情。牠們個個都按照自己的愛好來選擇樂器。

啄木鳥尋找能發出響亮聲音的枯樹幹，那就是牠們的鼓。牠們結實的嘴喙，就是最好的鼓槌。天牛的脖子嘎吱嘎吱作響，這不是活像在拉一把小提琴嗎？

蚱蜢用後腿摩擦翅膀而發出聲音：牠們的後腿上有小刺，翅膀上有鋸齒狀突起。紫鷺的長嘴喙伸到水裡，使勁一吹，把水吹得咘嚕咘嚕直響，整個湖裡轟傳起一陣喧囂，好像牛叫似的。田鷸更是異想天開，竟然用尾巴唱起歌來了：牠一個騰身衝入雲霄，然後張開尾巴，頭朝下直衝下來。牠振動尾羽，發出一種咩咩的聲音，不折不扣，簡直就是小羊在森林的上空叫！

這就是森林裡的樂團。

來自地下的客人

在喬木和灌木底下，離地不高的地方，早已經閃出了頂冰花星星似的花朵。這些花朵出現的時候，樹木還光禿禿的，春天的陽光還沒被樹葉遮住，可以一直照到地面。就在這陽光下，頂冰花開花了，它的旁邊還有紫堇，也開花了。

看到紫堇的第一批花朵，心裡多麼高興呀！它渾身上下什麼都美：奇妙的淡紫色小花，一束束開在莖的尖端上，花的小莖長長的；青灰色的小葉子，邊緣像鋸齒似的。

現在，頂冰花和紫堇的黃金時代已經過去了。因為樹蔭濃了，妨礙它們生存。不過，反正它們已經做好「回家」的準備了。這兩種植物的家在地下世界裡，它們到地面上來，只是作客罷了，等種子一播下，就消失得無影無蹤了。可是它們小小的球莖和圓圓的小塊莖，卻在深深的地下安息一個夏天、一個秋天、一個冬天。

如果你想把它們移植到自己的家裡，就要趁花朵還沒凋謝的時候，馬上把它們挖起來。挖的時候要小心，這種小植物的白色地下莖長得出奇！在土凍得很厚的地方，我們這些小客人的球莖和塊莖，躺在地下很深很深的地方。在暖和又有東西覆蓋著的地方，它們就離地面比較近。你要把它們移植到家裡的時候，要記住這一點。

尼娜·巴甫洛娃

田野裡的聲音

我和一位同伴到田裡去除草。我們悄然無聲的走著，聽見一隻鵪鶉從草裡對我們說：「去除草！去除草！去除草！」我跟牠說：「我們就是要去除草呀！」但牠還是一個勁兒的說：「去除草！去除草！」

我們走過一個池塘。池塘裡，兩隻青蛙把頭探出水面，鼓大咽喉下方的鳴囊，一個勁兒的叫著。一隻青蛙叫的是：「傻瓜！傻瓜，瓜！」另一隻青蛙回答牠：「你傻瓜！你傻瓜！」

我們來到了田邊，幾隻小辮鴴歡迎我們。牠們在我們頭頂上拍著寬圓的翅膀，問我們：「是誰？是誰？」

我們回答：「我們是從古拉斯諾雅爾斯克村來的。」

森林通訊員　庫羅奇金

魚的聲音

有人把記錄著水中聲音的錄音帶播放出來，於是聽到從擴音器裡傳出一些以前的人從沒聽過的聲音：

嘶啞的啾啾聲、嘎吱嘎吱的尖叫、不知誰的呻吟和哼唧、某種獨特的咯咯聲，又突然夾雜一陣震耳唧唧聲，把屋子裡的人聲都壓倒了。原來這是黑海裡各種魚類的聲音。每一種魚都有牠自己的聲音，很容易和水中世界其他居民的聲音區別開來。

現在，發明了水下收音和錄音裝置，可說是水中的「耳朵」，我們才發現水底世界並不是沉默的，原來魚類根本不是啞巴。這個發現有很大的意義：藉由水下錄音機，可以探知什麼地方群聚著貴重的魚類，這些漁業對象往什麼地方移動。這樣，就不會瞎碰運氣、盲目出海去捕魚了。可以在確實知道牠們的蹤跡之後，出發去捕撈。將來，人也可能學會模仿魚的聲音，用來引誘魚群。

天然屋頂

花朵裡最嬌弱的東西是花粉。花粉一打溼，就會壞掉。雨水、露水對它都有害。那麼，花粉怎樣保護自己，不讓雨露沾溼呢？

鈴蘭、歐洲越橘以及越橘的小花，都像小鈴鐺似的倒掛著，所以它們的花粉安全的藏在「屋頂」底下。

金蓮花的花是朝天開的。它的每一片花瓣，都像湯匙似的向內彎，一層花瓣的邊緣壓著另一層花瓣的邊緣，形成一顆蓬蓬鬆鬆、四面沒縫的小球。雨點打在花上，可是沒有一滴水會落到裡面的花粉上。

鳳仙花現在還含苞未放，不過，它的每一個花蕾都躲在葉子下面，多麼巧妙呀！花梗架在葉柄上，好讓花不偏不倚開在葉子底下，就像躲在屋頂下面一樣。

野薔薇花的雄蕊很多，下雨的時候，它會把花瓣閉攏起來。睡蓮在刮風下雨的時候，也會閉合花瓣。

毛茛的花是向下垂著的。

森林之夜

有一位森林通訊員寫信給我們說：「我晚上到森林裡去，聽森林夜裡的聲音。我聽見了各種聲音，可是我不知道那些是什麼動物的聲音。那麼，叫我如何為《森林報報》寫稿描寫夜晚的森林呢？」

我們這樣答覆他：「請你把你聽見的聲音都描寫出來，我們會想辦法弄明白的。」

後來，這位通訊員就寄來了這樣一封信給我們編輯部：

「說實話，夜裡我在森林中聽到的，盡是一些亂七八糟的聲音，一點也不像你們在《森林報報》描寫的什麼樂團。

鳥聲逐漸靜了下來，終於是一片靜寂。時間已經是半夜了。

後來，從高處的某個地方，開始傳來一種低沉的琴弦聲——

起初聲音很小，後來越來越響，終於成了一種宏大的低音；隨後，聲音又變得越來越小，終於完全沒有聲音了。

我心想：『作為前奏曲，這還算不壞。雖然拉的是一根單弦，但總算是開了場。』

忽然，從林子裡發出一陣狂笑：『哈——哈——哈！呵——呵——

呵！』聲音真是可怕！我感覺好像有一群螞蟻從我的背脊上爬了過去。

我心想：『這是在誇獎剛才那位音樂家嗎？這是在嘲笑他吧！』

又靜下來了。靜了好久。我心想：『再也不會有什麼聲音了吧！』

後來，我聽見有誰在幫留聲機上發條。一個勁兒的上呀上呀，但老是沒有奏出音樂來。我心想：『他們的留聲機壞了嗎？』

不上發條了。靜寂無聲。後來又上起來了：特爾爾，特爾爾，特爾爾，特爾爾……沒完沒了，簡直討厭。發條好不容易上好了。我心想：『現在該上唱片了。馬上要放音樂了。』

忽然間，有誰鼓起掌來了，掌聲拍得熱烈又響亮。

我心想：『這是怎麼回事？還沒演奏，就鼓掌了？』

我聽到的就是這些聲音。後來，又為留聲機上了半天發條，什麼音樂也沒放出來，可是又有人鼓掌。我一生氣，就回家了。」

我們必須說，我們的通訊員不應該生氣的。他起初聽見的，像低音琴弦似的嗡嗡聲，是一種甲蟲，大概是金龜子，從他的頭頂上飛過。那使人毛骨悚然的哈哈笑聲，是大型貓頭鷹，林鴞的叫聲。牠的聲音就是那麼討厭，我們也拿牠沒辦法！

「特爾爾，特爾爾，特爾爾，特爾爾……」為留聲機上發條的，是夜鷹。夜鷹也是夜裡飛出來的鳥，但不是猛禽。夜鷹當然不會有什麼留聲機，聲音是從牠喉嚨發出來的。牠自以為那是唱歌呢！

鼓掌的也是夜鷹。牠拍的當然不是手，而是用翅膀在空中呱呱呱的拍。那聲音非常像拍手的聲音。

牠為什麼要這樣做呢？我們編輯部沒辦法解釋，因為連我們自己也不知道。也許就是心裡高興，拍著玩吧！

遊戲和舞蹈

鶴在沼澤地開舞會。牠們圍成一圈，有一隻或兩隻走到當中來，於是開始跳舞。起初還沒什麼，只不過用兩條長腿蹦高罷了。後來越跳越帶勁，索性大跳特跳起來。那些怪異的舞步，真能把人笑死！轉圈、跳躍、蹲下……活像踩著高蹺跳俄羅斯舞！站在周圍的鶴則是揮著翅膀打拍子，一下一下，不快也不慢。

猛禽呢，在空中玩遊戲和跳舞。

特別出色的是隼。牠們一直升到白雲下，在那裡展示牠們的靈活。有時候，突然收攏翅膀，從高得叫人看了頭暈的半空中，像一粒石子似的墜落，眼看快到地面了，才張開翅膀，打個大盤旋，又向上飛去。有時候，卻停在很高很高的空中，張著翅膀定在那裡，一動也不動，好像被一根線吊掛在白雲下面。有時候，忽然在空中翻起跟頭，活像一個小丑從天而降，一路翻著跟頭向地面降落，做著「翻滾飛行」，回旋著，拍著翅膀。

最後飛來的鳥

春天快要過去了。最後一批在南方過冬的鳥，飛到我們列寧格勒省來了。就像我們預料的那樣，這些鳥都穿著最鮮豔華麗的衣裳。

現在，草地上盛開著花朵，喬木和灌木都長滿了新葉，牠們很容易躲避猛禽的襲擊了。

在彼得宮的小河上，有人看見翠鳥。牠身上穿著翠綠、棕色和淺藍三色相間的大禮服。牠是從埃及飛來的。

身體金黃色但有著黑翅膀的黃鸝，在叢林裡鳴叫著，聲音好像吹橫笛，又好像瘦癟的貓在叫。牠們是從非洲南部飛來的。

在潮溼的灌木叢裡，出現了藍胸脯的藍喉鴝和羽色斑斕的石鵬。在沼澤地上，出現了金黃色的黃鶺鴒。

粉紅胸脯的伯勞、戴著軟蓬蓬羽毛領子的流蘇鷸，還有綠色與藍色相間的藍胸佛法僧，也都飛來了。

秧雞徒步走來了

還有一種有翅膀的怪傢伙，長腳秧雞，從非洲徒步走來了。

長腳秧雞飛起來很困難，而且飛得並不快，很容易被鷹和隼捉住。不過，長腳秧雞跑得非常快，而且很會躲藏在草叢裡。因此，牠寧可徒步走過整個歐洲，悄悄的在草地和灌木叢間前進。只有在非飛不可的時候，牠才張開翅膀飛，而且只有在夜裡才飛。

現在長腳秧雞到了我們這裡，在又高又密的草叢裡成天叫喚：「克列克——克列克！克列克——克列克！」你可以聽見牠的叫聲，但是如果你想把牠從草叢裡驅趕出來，仔細看看牠長什麼樣子——那你可辦不到！試試看吧！

有的笑，有的哭

森林裡，誰都是快快活活的，只有白樺樹在哭。在灼熱的陽光下，白樺樹的樹液在白色的軀幹裡越流越快，而且從樹皮上的孔流到外面來了。大家把白樺樹液當做飲料，這種飲料好喝又有益。所以大家割開樹皮，讓樹液流到瓶子裡。白樺如果流出大量的樹液，就會乾枯、死掉，因為樹液等於人體裡的血液。

松鼠吃葷

松鼠吃了一個冬天的素。牠剝松果吃，還吃秋天儲藏起來的蕈菇。現在到了牠開葷的時候了。

許多鳥已經築好巢、生下了蛋，有的鳥甚至已經孵出了雛鳥。這很對松鼠的胃口。牠在樹枝上和樹洞裡尋找鳥巢，把雛鳥和鳥蛋偷出來當飯吃。在破壞鳥巢這種事情上，可愛的松鼠倒也不會輸給任何猛禽呢！

珍貴的蘭花

這種有趣的花，在我們北方非常珍貴。當你看見它們的時候，自然而然會想起它們鼎鼎有名的親戚——那些生長在熱帶森林裡的蘭花！在我們這裡，蘭花只長在地上。在熱帶森林裡，蘭花會長在樹上。

我們這裡有幾種蘭花的根很出奇，像一隻胖胖的小手，張開五根手指頭。有的花非常美麗，有的花卻一點也不好看。不過，蘭花好香啊！不管哪一種蘭花，都香得令人陶醉！

蘭花裡面最出色的一種，最近幾天，我才在羅普薩第一次看到。這種我從來沒見過的植物，有五朵美麗的大花。我把一朵花朝上翻，馬上就厭惡的縮回了手，因為有一隻紅褐色的怪蒼蠅躲在花上。我用麥穗拍牠一下，牠動也不動。我再仔細一看，原來不是蒼蠅。這個東西的身體像天鵝絨似的柔滑，上面還有淺藍色斑點，有毛茸茸的短翅膀，有頭，還有一對觸鬚。真的不是蒼蠅，這是花的一部分！這種花叫「蠅蘭」，我以前沒看過。

尼娜．巴甫洛娃

找果實去！

野草莓成熟了。在向陽的地方，有時候可以看見已經熟透的紅色野草莓。它是多麼的甜、多麼的香呀！你吃過以後，很久也忘不了它。

歐洲越橘也成熟了，沼澤地上的雲莓也快要熟了。歐洲越橘枝上的果實很多，野草莓每株卻頂多只有五顆。雲莓最小氣了，莖端上只有一顆果實，而且並不是每一株雲莓都有果實。有的只開花，不結果。

尼娜．巴甫洛娃

牠是什麼甲蟲？

我找到了一隻甲蟲，可是我不知道牠叫什麼名字，也不知道應該餵牠吃什麼東西。

牠的模樣很像瓢蟲，只是瓢蟲是紅色的、帶有黑點，這隻甲蟲卻渾身漆黑。牠的身體很圓，比豌豆稍微大一點，有六隻腳，會飛。牠背上有兩片黑色的硬翅膀，硬翅膀底下有黃色的軟翅膀。牠打開黑翅膀，展開黃翅膀，就飛起來了。

有趣的是，當牠遇到什麼危險的時候，就把腳藏到肚皮底下，把觸角和頭也縮起來。把牠拿在手裡看，你再也不會說牠是甲蟲。這時候，牠很像一粒黑色的水果糖。不過，如果有一會兒時間沒人碰牠，牠就先伸出六隻小腳，然後伸出頭來，最後伸出觸角。

我懇切的請求您告訴我：牠是什麼甲蟲？

露西（十二歲）

★編輯部的說明★

你把你的小甲蟲描寫得非常仔細，所以，我們馬上就知道牠是什麼甲蟲了。牠叫做「閻魔蟲」。牠爬得很慢，像烏龜似的。牠也像烏龜那樣，會把頭和腳縮起來。牠的甲殼有很深的凹槽，可以把頭、觸角和腳都縮進去藏起來。

閻魔蟲有好多種，有黑的，也有別種顏色，時常在腐爛的植物和動物的糞便上發現牠們。

有一種黃色的閻魔蟲，渾身長著細毛，住在螞蟻窩裡。牠想飛到哪兒就飛到哪兒，然後又回到螞蟻窩裡。螞蟻並不驚擾牠。螞蟻保護自己的窩，也保護閻魔蟲這位房客，不讓牠受到天敵的侵害。

燕子築巢（上）

五月二十八日，鄰家房子的屋簷下，恰好就在我的房間窗戶對面，有一對毛腳燕在那兒築巢。我很高興，現在我可以看見燕子怎樣建造牠們那出名的泥巢。我可以看見牠們從開工到完工全部的建築過程，牠們什麼時候開始孵蛋，怎樣餵小燕子，我也都可以知道了。

我留心觀察我的燕子，看牠們飛到什麼地方去啣建築材料。原來就是從村莊的小河邊啣來的。牠們飛到小河邊，停在水邊的岸上，用嘴挖起小塊的河泥，然後馬上啣著飛回房子。牠們在這裡輪流換班，把泥黏在屋簷下的牆上。把一塊泥黏上後，又急忙去啣第二塊。

五月二十九日，糟了！這個新建築工程不光是我一個人看了高興，隔壁一隻大雄貓今天大清早就爬上了屋頂。這隻貓是個粗野的流浪漢，渾身的毛拖一片掛一片的，跟別的貓打架時，把右眼都打瞎了。

牠老是用眼睛瞅著飛來的燕子，而且已經向簷下偷看了不止一次，看巢做好了沒有。

燕子發出驚慌的叫聲。貓待在屋頂上不走，牠們就停工，不繼續築巢了。難道牠們要離開這裡，再也不回來了嗎？

六月三日，這幾天，燕子做好了巢的基部，形狀像把鐮刀。大雄貓常常爬上屋頂嚇唬牠們，妨礙牠們工作。今天午後，燕子根本沒有飛來過。看來，牠們是要放棄這個建築工程了。牠們會在別處找到一個比較安全的地方，那樣我就什麼也看不到了！

真是鬱悶。

六月十九日，這些日子天氣一直很熱。屋簷下那個用黑泥做的，像鐮刀的巢基乾了，顏色也變灰了。燕子一次也沒有來。白天烏雲密布，下起白花花的雨來了。這才叫真正的傾盆大雨呢！窗外好像掛起了一條用玻璃條織成的簾子。一股股雨水像小河似的在大街上奔流。無論哪一段街上，都不能涉水走過小河了——小河氾濫了，水像瘋了似的嘩啦嘩啦淌著；沿岸的稀泥，一踩，差不多要陷到膝蓋了！

這場雨下到黃昏才停。一隻燕子飛到屋簷下來了。牠落到那鐮刀似的巢基上，緊貼著牆站了一會兒，然後飛走了。我心想：「也許燕子不是被貓嚇走的，只不過是因為這幾天牠們找不到可以築巢的溼泥，也許牠們還會回來吧？」

六月二十日，飛來啦！飛來啦！而且不是一對，是一大群呢！牠們都在屋頂上盤旋，朝屋簷下看，激動的叫著，好像在爭論什麼一樣。牠們商量了十多分鐘，一下子都飛走了，只留下一隻。這隻燕子用腳爪牢牢抓著鐮刀狀的巢基，待在那兒一動也不動，只顧著用嘴巴修理巢基，也許是在把黏糊糊的唾液塗在巢基上。我相信這隻雌燕子是這個泥巢的女主人。過了一會兒，雄燕子飛來了，牠嘴對嘴遞給雌燕子一團泥。雌燕子繼續築巢，雄燕子又飛去啣泥了。

大雄貓又上了屋頂，可是燕子不怕牠，叫也不叫，繼續築巢，一直

做到太陽下山。

看來，我總算可以看見一個燕子的巢了！但願大雄貓的腳爪不要搆到它才好。不過，燕子自己總該知道應該把巢築在什麼地方吧！

摘自一位少年自然科學家的日記
森林通訊員　維利卡

斑姬鶲的巢

五月中旬，一天晚上八點鐘左右，我發現花園裡有一對斑姬鶲。牠們停在白樺樹旁木棚子的屋頂上。白樺樹上有我掛的一個附活動蓋的樹洞形人造鳥巢。後來，雄鳥飛走了。雌鳥留下來，牠停到人造鳥巢上，但是沒有鑽進去。過了兩天，我看見雄鳥鑽進鳥巢裡一下子，然後飛到蘋果樹上。

飛來一隻紅尾鴝，於是這兩隻鳥開始打架。牠們為什麼打架？可想而知，紅尾鴝和斑姬鶲都是在樹洞築巢的鳥。紅尾鴝想搶斑姬鶲的巢，但是斑姬鶲堅守著，不肯讓步。

這對斑姬鶲在人造鳥巢裡住下來了。雄鳥不停的唱歌，在鳥巢裡鑽進鑽出。一對燕雀停在白樺樹梢上，但是斑姬鶲並不理會牠們。道理很簡單，燕雀不是斑姬鶲的死對頭，燕雀自己築巢，不住在樹洞裡。這兩種鳥吃的食物也不一樣。

又過了兩天。早上，一隻麻雀飛到斑姬鶲的巢裡。雄斑姬鶲向牠撲了過去，兩隻鳥在巢裡大打特打。忽然一點動靜也沒有了。

我跑到樺樹旁，用棍子敲敲樹幹。麻雀從鳥巢裡鑽了出來。雄斑姬鶲卻沒有露面。雌鳥繞著鳥巢飛個不停，驚慌失措的叫著。我擔心雄鳥是不是被麻雀啄死了，就往鳥巢裡瞧了瞧。雄鳥沒有死，只是渾身的羽毛亂成一團。巢裡有兩顆蛋。

雄鳥在巢裡待了很久。牠飛出來的時候，樣子十分衰弱，剛飛到地上，幾隻母雞就來追牠。我擔心牠，於是把牠捉回家裡，餵牠吃蒼蠅。到了晚上，我把牠送回鳥巢裡。七天後，我又往鳥巢裡望了望。一股腐爛的氣味撲鼻而來。我看見雌鳥伏在巢裡孵蛋。雄鳥死了，躺在一邊。

我不知道，是麻雀又闖進來，還是第一次打架後，雄鳥就死了。當我把雄鳥掏出來的時候，雌鳥並沒有飛出來，牠依然在孵蛋。

沃洛迪亞·貝科夫

林中大戰（二）

還記得住在砍伐跡地上的特約通訊員，寫信告訴我們什麼嗎？他們一直等待著砍伐跡地變得一片青綠，等待著從土裡長出小雲杉來。

真的，下過幾場溫暖的雨之後，在一個晴朗的早晨，砍伐跡地變綠了。不過，從土裡鑽出來的是什麼呀？

根本不是小雲杉！不知道哪裡來的一批蠻不講理的野草種族，竟然搶在小雲杉的前頭。那是莎草和拂子茅。它們長得又快又密。不管小雲杉怎樣拚命從土裡往外鑽，它們還是晚了一步，砍伐跡地已經被野草大軍占領了。

第一場大戰開始了！小雲杉用它們鋒利得像矛槍的樹梢，撥開頭上密密層層的草。野草一族也不肯讓步，它們拚命往小樹身上壓。地上在大打出手，地下也在大打出手。

野草和樹苗的根，七纏八繞，像凶惡的鼴鼠一般，在地下亂鑽。為了搶奪營養豐富且充滿鹽類的地下水，它們你纏我，我繞你，你勒我，我掐你。無數小雲杉始終沒有見到天日，在地下就被草根勒死了！草根又柔韌又結實，簡直跟細鐵絲一樣。

有些小雲杉好不容易鑽出來，也被草莖緊緊的抱住了。野草纏住小雲杉結實的樹幹。草莖有彈性，編織在一起，小雲杉想用尖梢把它們撥開。但是，野草不許小雲杉鑽到上面去見太陽。只偶爾在某些地方，有個別的小雲杉好不容易鑽到野草大軍的上面。

砍伐跡地上的戰鬥正激烈的時候，河那邊的白樺剛剛開花。可是，山楊樹已經準備好去遠征了，它們要在河對岸登陸！

它們的柔荑果序張開了。從每一個柔荑果序裡，飛出幾百個帶白毛的小種子，像是獨腳的小傘兵，每個小傘兵的頭上張著一頂白色小降落傘。風興致勃勃的抓住它們那一撮毛，它們就隨著風在空中轉呀轉，比絨毛還要輕，像朵白雲似的被風捲過了河。到了河那邊，風一撒手，把它們均勻的撒在砍伐跡地上，一直撒到雲杉國度的邊境。獨腳小傘兵像雪花似的落在小雲杉和野草的頭上。第一場雨就把它們沖了下去，埋在土裡。於是它們暫時消失了蹤跡。

一天天過去了。砍伐跡地上還在打仗。不過，現在已經看得出來，野草是不能和小雲杉較量的。野草拚命挺直腰桿，往上生長。但是過了不久，它們就停止生長了。小雲杉卻還在繼續長高。

這樣一來，野草一族的日子可就不好過了。小雲杉把它們又大又晦暗的針葉樹枝，伸展在野草的頭上，搶走了野草的陽光。在樹蔭裡，野草很快就衰弱下來了，軟綿綿的倒伏在地面上。

但是，這時從土裡出現了另一支隊伍：小山楊。它們是一簇簇鑽到世界上來的，樣子顯得慌慌張張，大家擁擠在一起，從頭到腳瑟瑟發抖。它們來晚了，沒有力量對付小雲杉了。

雲杉把黑黝黝的針葉樹枝伸到小山楊頭上，小山楊只好縮起身體。在樹蔭裡，它們很快就憔悴枯萎了。山楊是非常喜愛陽光的植物，離開太陽就不能活命了。

眼看雲杉就要勝利了。這時又有一批新的敵國傘兵，在砍伐跡地上登陸了。它們乘著兩片翅膀的小滑翔機飛來，也是一來就躲到泥土裡，不見了。它們是白樺的種子。它們像鬧著玩似的飛過了河，也散布在整個砍伐跡地上。

它們能不能戰勝第一批的占領軍——雲杉種族呢?我們的特派員還不知道。在下一期《森林報報》，我們將刊載最新的報導。

農村生活

農村新聞

　　農村裡，村民的事情很多。他們播完種後，把家畜糞肥和化學肥料運到田裡，撒放肥料，準備今年秋天要播種的田地。緊接著，就是忙菜園裡的工作：首先是栽植馬鈴薯，然後種胡蘿蔔、黃瓜、蕪菁、飼用蕪菁和甘藍。這時亞麻也長起來了，要給它除草了。

　　孩子也沒有待在家裡閒著。他們在田裡、菜園裡和果園裡都是好幫手。他們幫忙大人栽種、除草、為果樹剪枝。農村裡的工作可多啦！他們捆紮夠用一整年的浴帚、拔嫩蕁麻。浴帚是把白樺帶葉的枝條捆成一束一束的，洗浴時用來拍打身體。嫩蕁麻是做菜湯用的，用嫩蕁麻和酸模煮成的綠色菜湯，真是好吃極了。

他們還捕魚：用釣魚竿釣歐白魚、擬鯉、紅眼魚、河鱸、梅花鱸、鯿魚、鱵魚等等；布下柵欄攔捕江鱈和小狗魚；用魚餌捉河鱸、狗魚和江鱈。傍晚，他們用撈網捕撈各種各樣的魚。拿一根長竿子，在一端裝上框子，框子裝上一個袋狀的網，就是撈網了。

夜裡，他們在岸邊布下捉螯蝦的柵欄，然後坐在篝火旁，等攔捕到的螯蝦夠多了，再去捉。在等的時候，大家講著各種故事，講滑稽的故事，也講恐怖的故事。

早上，再也聽不見田公雞灰山鶉在田裡叫了。秋天播種的黑麥已經長到人的腰際那麼高了；春天耕種的農作物也長起來了。

田公雞還住在老地方，可是牠不能再叫了，因為牠身邊就是巢，巢裡有蛋，雌灰山鶉正在巢裡孵蛋。現在，雄灰山鶉悶不吭聲，要不然會叫出災禍來的，不是鷹聽見叫聲飛過來，就是小孩子會跑來，再不然就是招來狐狸。這些傢伙全是搗毀窩巢的能手呀！

幫大人的忙

一放假，我們這些孩子就開始幫忙田裡的農事。我們在田裡除草、撲滅害蟲。我們既休息，同時又工作。這辦法好極了。

往後還有許多工作和許多要操心的事。不久就要收割農作物了，我們將要撿拾麥穗、幫忙村裡的婦女捆麥束。

森林通訊員　安娜

造林工作

在俄羅斯聯邦的中部和北部地區，春季造林工作已經完畢。造好了大片的新森林，全部面積差不多有十萬公頃。

今年春天，在俄羅斯歐洲部分的草原地帶和森林、草原交錯地帶，各個農村開闢了大約二十五萬公頃的護田林帶。同時，農村裡建立了大批的苗圃，明年將供應十億多棵樹苗，包括各種喬木和灌木。

秋天時，俄羅斯聯邦林場還要造幾萬公頃的新森林呢！

列寧格勒塔斯通訊社

幫助人的逆風

農村裡收到亞麻田寄來的一份申請書。小亞麻抱怨說，田裡出現了敵人：雜草，雜草簡直不讓它們活命了！

村子馬上派了一批婦女去幫亞麻的忙。她們懲治雜草，對亞麻百般愛護。她們脫掉鞋子，光著腳，小心翼翼的邁著步伐，頂著風走。亞麻在婦女的腳下，還是向地面彎下去了，但是逆風把亞麻的莖一推，就把亞麻托了起來。於是亞麻安然無恙的站起身來，而它們的仇敵，雜草卻被消滅掉了。

今天第一次

今天把一群最小的牛放到牧場上，牠們高興得不得了，全都興奮的翹起尾巴四處跑！

綿羊脫大衣

在紅星農村的綿羊理髮室裡，有十位經驗豐富的剪毛工人，用電推剪為綿羊剪羊毛。他們那種剪法，好像幫綿羊剝掉一層皮似的，把綿羊渾身上下的毛都剪下來了。

誰是我的媽媽呀？

牧羊人把剪完毛的綿羊媽媽放到小綿羊身邊去的時候，小綿羊不認得牠們的媽媽了。小綿羊咩咩的叫，悲悲切切的說：「你在哪兒呀？媽媽，你在哪兒呀？」牧羊人幫助每一隻小綿羊找到媽媽後，又回到綿羊理髮室，為下一批綿羊剪毛。

牲口越來越多

農村裡的牲口一天比一天多了。今年春天出生的小馬、小牛、小綿羊、小山羊和小豬，一共有多少隻呀！

經過昨天一個晚上，小河村的小學生，也就是我們所說的「小家畜飼養家」，他們養的牲口就擴大到了四倍。從前只有一隻山羊，現在有了四隻：山羊媽媽庫牟希加和三隻小山羊，庫加、牟札和施加利克。

果園的重要日子

果園裡的草莓已經開過花了，一棵棵櫻桃樹開滿了雪白的花，梨樹上的花蕾昨天也綻放了。再過一兩天，蘋果樹也要開花了。

番茄和黃瓜

南方蔬菜番茄昨天搬家了。新居就在池塘旁邊，從前它們是待在溫室裡。黃瓜也搬到它們隔壁來住了。

番茄像是體格結實的少年，準備開花了。黃瓜還只是幼苗，像小娃娃一樣，躺在白封套裡，只露出鼻尖。土地媽媽保護這些孩子，不讓貪吃的鳥看見它們。黃瓜苗能很快長大，趕上番茄嗎？

幫忙授粉

一提到跟農業有關的昆蟲，我們就想起一大群身體雖小，但對農作物來說十分可怕的敵人。我們卻忘記了，有多少六隻腳的小朋友，在田裡為我們幹活呢！我們忘記了，在幫植物授粉的工作上，牠們有著多麼龐大的貢獻。許多有翅膀和六隻腳的昆蟲，像是蜜蜂、熊蜂、甲蟲、蠅類、蝴蝶，會幫蕎麥、麻、苜蓿、向日葵等授粉，把花粉從一朵花送到另一朵花上去。

有時候，這些小勞動者的力量不夠，不能讓我們的農作物全部得到花粉。那時，只好用我們的手來幫助它們。

我們用一條繩子來為蕎麥、痲、苜蓿等授粉。兩個人拉著一條長繩子，一人拉一頭，從開花的植物末梢拖過去，把植物末梢碰得彎下來。這樣，花粉就從花落下來，隨著風散布到整片田地，或是黏在繩子上，被帶到別朵花上。幫向日葵授粉的方法是這樣的：用一小片帶毛的兔皮收集花粉，然後用這片兔毛把花粉撲到正在開花的向日葵花盤上。

尼娜．巴甫洛娃

城裡的麋鹿

五月三十一日清晨，有人在列寧格勒梅奇尼科夫醫院附近，看見一頭麋鹿。最近幾年，麋鹿已經不止一次出現在市區。大家猜想，麋鹿是從符謝沃羅德區的森林來的。

鳥說人話

一位市民到《森林報報》編輯部來說：「早晨，我在公園裡散步。忽然，有誰用哨音從灌木叢裡問我：『特利希卡，薇吉爾？』聲音宏亮，而且連續不斷。我一看，周圍一個人也沒有，只有一隻渾身通紅的小鳥，站在灌木叢上。我打量了牠一下，心想：『這是什麼鳥呀？叫得那麼清楚。牠問的特利希卡又是誰呀？』接著，牠又問起了那句話：『特利希卡，薇吉爾？』我朝牠邁了一步，想走到前面看個清楚。可是牠一溜煙就逃到灌木叢裡不見了。」

這位市民看見的鳥，叫做「朱雀」。牠是從印度飛來的，牠的尖嘯聲聽起來真的很像在問什麼。不過，聽到的人每個都按照自己的想法把它翻譯成人話。有的人以為牠在問「看見特利希卡了嗎？」，有的人以為牠在問「看見格利希卡了嗎？」

海裡來的客人

最近幾天，從芬蘭灣游來了大批的小魚。這是胡瓜魚，牠們是游到涅瓦河來產卵的。漁民累得精疲力竭，他們的漁網打撈到的魚太多了。胡瓜魚產完卵後，又回到海裡去。

有一種魚是產在海裡，然後從大海游到河裡來生活。牠的出生地是在大西洋中有許多馬尾藻的海域。這種奇怪的魚，叫做「鰻鱺」。

你沒聽過這樣的魚名吧？這也難怪，因為牠的名字不只一個。這種魚幼小還在海裡的時候，叫做「柳葉鰻」，全身透明，連肚子裡的腸子都看得見，身體扁扁的，像一片葉子。等牠長大了，會變得像一條蛇。

牠長大後，大家就認得了，就是俗稱的「鰻魚」。

柳葉鰻在海裡住三年。第四年，變成小鰻魚，但身體還是透明的，像玻璃似的，叫做「玻璃鰻」。玻璃鰻成群結隊的游進了涅瓦河。牠們從故鄉大西洋神祕的海域游來，至少要經過二千五百公里的路程呢！

幼鳥學飛

在公園裡、大街上或林蔭路上走的時候，不妨往上瞧瞧吧！當心有小烏鴉或是小椋鳥從樹上掉下來，摔在你頭上。因為牠們現在開始離開鳥巢，正在學飛呢！

走過城郊

最近幾天，住在郊區的人一到夜裡就聽見一種斷斷續續的低嘯聲：「弗喊——弗喊——弗喊——弗喊！」起初，嘯聲從這一條溝傳過來，接著，又從那一條溝傳過來。原來是走過郊區的紅冠水雞。紅冠水雞和秧雞有血緣關係，也跟秧雞一樣，徒步穿越歐洲，走到我們這裡來。

雨後採菇去

下過一場溫暖的大雨之後，就可以到城外去採蕈菇了。有紅菇、白樺茸和美味牛肝菌，它們都從土裡鑽出來了。這是夏季的第一批蕈菇。它們有個總稱，叫做「麥穗蕈」，因為它們冒出來的時候，正是去年秋天播種的黑麥開始抽穗的時候。過不久，一到夏末，就看不見它們了。

當你看見花園裡紫丁香凋謝時，就知道春天過去了，夏天開始了。

活生生的雲

六月十一日，在列寧格勒市區的涅瓦河畔，散步的人很多。天上一絲雲也沒有，天氣很熱。房子和街道上的柏油路，被太陽晒得火燙，把人烘烤得連氣也喘不過來。孩子們在調皮搗蛋。

忽然，在寬寬的河那邊，浮起了一大片灰色的雲。所有的人都停下腳步，望著它。這片雲飛得很低，差不多是挨著水面飛。大家眼看著它越變越大，終於窸窸窣窣的把散步的人圍起來了，這時大家才看清楚，這不是雲，而是一大群密密麻麻的蜻蜓！

才一眨眼，周圍的一切都奇妙的變了樣子。因為有這麼

多小翅膀在搧動，所以掠過了一陣習習的涼風。孩子們也不再調皮搗蛋了。他們興高采烈的望著：太陽光透過彩色雲母般的蜻蜓翅膀，在空中閃著美麗的光，像彩虹一樣。遊人的臉一下子都變成彩色的了，無數極小的彩虹、日影和亮光在他們臉上跳動著。這片活生生的「雲」嗖嗖的響著，從河岸的上空飛過，升高了一些，然後飛到房屋的後面，看不見了。

這是一批新羽化的蜻蜓，成群結隊去找新的住處。至於牠們是從哪裡來的、要飛到什麼地方去落腳，始終沒有人知道。

這種成群的蜻蜓到處都有。如果你看見成群的蜻蜓，不妨注意一下牠們是從哪兒飛來的、又要飛到什麼地方去。

來自異鄉的動物

最近幾年來，獵人常常在列寧格勒省葉菲莫夫和鄰近幾個區的森林裡，看見一種當地居民不認得的動物。這種動物跟狐狸差不多大。原來牠是烏蘇里的浣熊狗，也叫做「烏蘇里貉」。

牠怎麼會跑到這裡來呢？非常簡單，是用火車運來的！運來了五十多隻，放在我們省的森林裡。經過十年，牠們繁殖了大批的後代，現在已經准許獵人獵取這種動物了。

烏蘇里貉的毛皮很珍貴。在我們省裡，整個冬天都可以獵取，因為牠們在這裡不冬眠。牠們的故鄉氣候酷寒，所以牠們在故鄉會冬眠。

鼴鼠不是鼠

有些人以為鼴鼠是齧齒類動物，像那些住在地底下的鼠類一樣，在地下亂挖洞、吃植物的根。其實這是對鼴鼠的誣衊，因為鼴鼠根本不是鼠類。與其說牠像鼠，不如說牠像身穿天鵝絨般柔軟皮大衣的刺蝟。鼴鼠是食蟲動物，吃金龜子和其他害蟲的幼蟲，因此，鼴鼠對於我們是非常有益的，其實牠並不危害植物。

不過，如果有人因為鼴鼠在他的花園或菜圃裡挖洞，把一堆一堆的泥土拋在花台或菜壟上，把花或是好吃的蔬菜碰壞了而很生氣，那麼，可以心平氣和的在地上插一根長竿子，並在竿子上安裝一個小風車。

風一吹，風車就轉。風車一轉，長竿子就抖動，下面的土地也跟著顫動，使得鼴鼠的洞穴嗡嗡作響。這樣，所有的鼴鼠都會四散逃走。

少年自然科學家　尤蘭

蝙蝠的回聲定位

一個夏天的傍晚，一隻蝙蝠從打開的窗戶飛進來了。「把牠趕走！把牠趕走！」女孩們驚慌失措的用圍巾包住自己的頭，大叫起來。老爺爺嘟嘟噥噥的說：「牠才不會往你們的頭撲呢！」

以前，科學家還不能理解，為什麼蝙蝠在漆黑的夜裡飛行，不會迷路。科學家做了這樣的試驗：把蝙蝠的眼睛蒙起來，可是，牠還是能在空中躲開一切的障礙，連綁在屋子裡的細線都能避開，身體很靈活的逃開「天羅地網」。一直到「回聲探測器」發明之後，才揭開這個謎團。現在科學家知道，蝙蝠飛行時，會從嘴巴或鼻子發出「超音波」，一種人耳朵聽不見、非常尖細的聲音。蝙蝠發出的聲音碰到障礙會反射，蝙蝠的耳朵能收聽這些反射回來的回聲：「前面有牆！」或是「有線！」「有蚊子！」也就是說，蝙蝠用聲音「看」世界！

給風打分數（上）

風小的時候，風是我們的朋友。

夏天，在炎熱的中午，如果一點風也沒有，我們就會熱得透不過氣來。平靜無風，煙囪裡的煙筆直的往天空升。如果空氣以每秒不到半公尺的速度流動，我們會覺得一點風也沒有，我們就給它打個零分。

「軟風」的風速是每秒0.3至1.5公尺，或每小時1至5公里，相當於人步行的速度。這種風能使煙囪的煙往旁邊歪。我們覺得臉上涼涼的，很舒服，不覺得悶。我們給這種風打一分。

「輕風」的速度是每秒1.6至3.3公尺，約每小時6至12公里，相當於人跑的速度。樹上的葉子沙沙作響。我們在風的記分簿上給它打兩分。

「微風」的速度是每秒3.4至5.4公尺，也就是每小時12至19公里，大約是馬小跑的速度。微風使細樹枝搖擺，興高采烈的推著紙摺的小船跑。我們在記分簿上給它打三分。

在氣象上，「和風」是這樣的：揚起道路上的塵土，在大海激起波浪，搖動樹木的小枝。它的速度是每秒5.5至7.9公尺。給它打四分。

「清風」的速度是每秒8至10.7公尺，大約是烏鴉飛行的速度。這種風使樹梢喧囂，使森林裡的小樹搖曳，使大海湧起波浪，還能吹散蚊蚋。我們給這種風打五分。

「強風」就開始調皮搗蛋了。它使勁搖晃森林裡的樹木，把晾在繩子上的衣服扔在地上，把帽子從人頭上扯下來，把排球往一邊亂推，不讓打排球的人好好打。它的速度差不多每小時39至49公里。氣象學家給強風的分數是六分。

關於其他的風，請看第八期《森林報報》的報導！

打獵的故事

我們俄羅斯的疆域很大。在列寧格勒附近，春天打獵的季節已經過去了，可是在北方，河水才剛剛氾濫，正是打獵的好時機。這時候，有很多熱衷狩獵的獵人，都趕到北方去打獵。

在氾濫地區划船

天空布滿烏雲，今天的夜，像秋夜一樣黑。我和塞索伊奇兩個人乘坐一艘小船，在林中小河裡蕩著，這條河的兩岸又高又陡。我坐在船尾划槳，他坐在船頭。塞索伊奇這位獵人，會打各種飛禽走獸。他不喜歡捕魚，甚至於瞧不起釣魚的人。今天他雖然也是去捕魚，可是他沒有改變老脾氣，他認為他是去「獵」魚的，不是用魚鉤釣、漁網撈，也不是用什麼別的漁具捕魚。

高高的河岸過完了，我們到了廣闊的氾濫地區。有些地方，灌木的末梢聳出水面。前面只見一片模糊的樹影。再往前，就是森林了，好像一堵黑沉沉的牆。

夏天，在這裡的一條小河和一個不很大的湖之間，只隔著一條窄窄的岸，岸上長滿了灌木。有一條窄窄的水道，從湖通到小河裡。不過，現在用不著去找這條小道，因為四處水都很深。小船可以在灌木叢之間自由的穿行。

船頭有一塊鐵板，鐵板上堆著枯枝和引火用的引柴。塞索伊奇擦了一根火柴，把篝火點著了。篝火發出紅黃色的光，照耀著平靜的水面，也照耀著小船旁邊光禿禿的灌木黑細枝。

我們現在可沒時間東張西望，我們只是注視著下面，注視著火光照亮的水深處。我輕輕的划著槳，並不把槳伸出水面。小船靜靜的、靜靜的前進。在我的眼前，浮動著一個奇幻的世界。

我們已經到了湖區。湖底好像藏著一些巨人，身體埋在泥裡，只露出頭頂，蓬亂的長髮無聲無息的漂動著。這是水藻還是草呢？

瞧，這是一個黑洞洞的深潭，深得沒有底。也許實際上這裡沒有很深，因為篝火的光，在水裡最多只能照到兩公尺深。但是，往這黑漆漆的深潭望，真是可怕，天曉得底下藏著什麼東西？

一顆銀色的小球，從水底的黑暗裡浮上來了，起初上升得很慢，後來越升越快、越變越大。現在它朝著我的眼睛衝過來了，眼看會跳出水面，打在我的腦門上……我不由自主的把頭縮回來。

這顆球變成紅色的，冒出水面就炸了。原來是普通的沼氣泡呀！

我好像坐在飛艇上，在一個陌生的星球飛行。

有幾個島嶼從下面溜過，島上長滿稠密而挺立的樹木。是莞草嗎？

一個黑黑的怪物把牠多節的手臂彎成鉤，向我們伸過來了——是觸鬚！這怪物像章魚、像烏賊，不過，觸鬚更多，樣子更難看、更可怕。這到底是什麼東西呢？原來是一棵淹沒在水裡的樹呀！是一棵樹根交錯的白柳殘株呀！

塞索伊奇的動作，吸引了我的目光。

他站在小船上，左手舉著魚叉，因為他是個左撇子。他的眼睛炯炯有神，注視著水裡。他雄赳赳的樣子，真是威武極了，好像一個滿臉鬍髭的軍人，擎起長矛，要刺死跪在他腳下的敵人。

魚叉的柄有兩公尺長。下面一頭，有五個鋼齒，閃閃發光，每個鋼齒上還有倒鉤。

塞索伊奇的臉被篝火照得通紅，他朝我轉過頭來，做了一個怪裡怪氣的鬼臉。我就把小船停住了。

獵人小心翼翼的把魚叉浸到水裡。我往下一看，只看到水深處有個筆直的黑長條。起先我以為是一根棍子，後來才看清楚是一條大魚的背

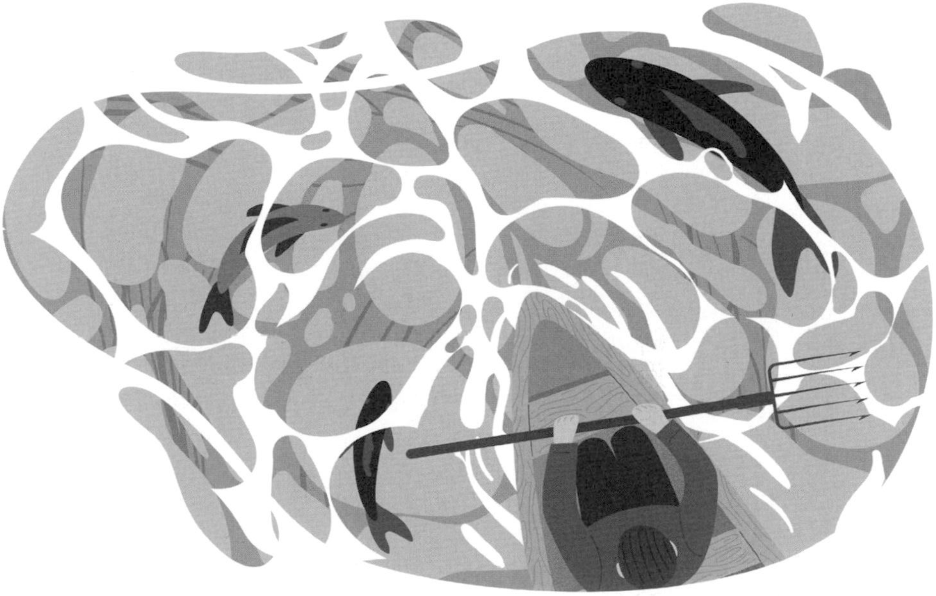

脊。塞索伊奇把魚叉斜對著那條魚，慢慢的向水深處伸下去。後來魚叉停住不動了，人也僵著一動也不動。突然，他把魚叉豎直，用力刺進了那條魚的黑背脊。

湖水一陣翻騰，他把獵物拖了出來。原來是一條雅羅魚，足足有兩公斤重，在魚叉上拚命掙扎。船又繼續前進。過了一會兒，我發現一條不太大的河鱸。牠把頭鑽在水底的灌木叢裡，一動也不動，彷彿在深思似的。這條鱸魚離水面很近，我甚至能看見牠身上的黑條紋。我看看塞索伊奇。他搖搖頭，表示不要這條鱸魚。我明白，他嫌這條魚太小。於是我們放過了牠。

我們就這樣繞湖划著船。水底世界的迷人景色，一幕幕在我的眼前浮過。獵人刺死水底「野味」的時候，我還捨不得把視線移開呢！

又有一條雅羅魚、兩條大河鱸、兩條細鱗的金色丁鱥，都從湖底進到我們的小船裡。黑夜快要過去了。現在我們的船在田裡划著。一根根燃燒的枯枝和通紅的木炭，掉在水裡，嘶嘶作響。偶爾可以聽見一陣野鴨拍翅的聲音，嗖嗖的從頭上響過。在小島似的黑黝黝樹林中，有一隻鵂鶹在柔和的叫著，好像在反覆的告訴什麼人：「斯普留！斯普留！」一隻小水鴨在灌木叢後面唧哩唧哩叫著，叫得挺動聽的。

我看見船頭前有一根短木頭，我就把船往旁邊一拐，免得撞上它。這時候，突然聽見塞索伊奇興奮的低聲喝道：「停！停！有狗魚！」

魚叉柄的上端綁著一條繩子，他眼明手快的把繩子繞在手上，非常精細的瞄準了半天，然後小心翼翼的把武器插進水裡。

他使出全身力氣向狗魚刺去。這條魚竟然把我們拖著走了好一陣！幸虧魚叉刺得深，牠沒辦法掙脫。

這條狗魚有七公斤重呢！

塞索伊奇好不容易才把牠拖上船。這時候，天差不多大亮了。琴雞唧唧咕咕、啾賚啾賚的叫聲，從四面八方穿透了薄霧，傳到我們耳裡。

「好啦！」塞索伊奇高興的說：「現在我來划船，你開槍。可別放過機會呀！」他把燒剩的枯枝扔進水裡，我們兩個對換了位置。

涼爽的晨風，很快就驅散了薄霧。天空變明朗了。真是一個美麗又晴朗的早晨。

林邊的樹木被一層綠色的薄霧籠罩著，我們沿著林邊划船。一些光滑的白樺樹幹，還有一些粗糙的雲杉樹幹，從水裡直直的伸出來。眺望遠方，樹林好像吊在半空中似的。朝近處看，有兩個樹林在眼前浮動：一個樹林樹梢朝上，一個樹林樹梢朝下。鏡子般的水面奇妙的蕩漾著，反照出一根根白色和黑色的樹幹，以及千絲萬縷的細樹枝。

「預備……」塞索伊奇低聲的預告說。

我們沿著一片銀光閃閃的「水中森林」，划到白樺樹林邊。樹梢光禿禿的枝條上棲著一群琴雞。我覺得很奇怪，這麼纖細的樹枝，怎麼沒有被這些又大又重的鳥壓斷呢？

雄琴雞結實的身體，小腦袋，長尾巴，尾巴末端好像拖著兩根辮子似的，在明亮的天空中，黑得格外明顯。相較之下，淡褐色的雌琴雞則顯得樸素、輕巧一些。

叢林下面的水裡，也有一排烏黑和淡褐色的大鳥，腦袋朝下，在那裡晃蕩著。我們已經離牠們很近了。塞索伊奇輕輕的划著槳，讓小船沿著林邊前進。為了不驚動那些小心翼翼的鳥，我沉著的端起了雙筒槍。

所有的琴雞都伸長脖子，把小腦袋轉過來朝著我們。牠們覺得很奇怪：這是什麼東西在水上漂浮？有沒有危險性呀？

鳥兒還在思考。現在我們離最近的一隻琴雞只有五十多步了。牠那心慌意亂的小腦袋轉來轉去：萬一有什麼意外的話，往哪裡飛呢？牠兩隻腳替換著，縮舉又踏下。細細的樹枝被牠壓得彎下來了。為了讓身體保持平衡，牠驚慌的拍了兩、三下翅膀。不過，牠的伙伴們都還待著不動，於是牠也放心了。

我開了一槍。轟隆的槍聲從水面上向樹林蕩漾過去，像碰到牆壁似的，傳來一陣回聲。

琴雞烏黑的身體撲通一聲掉進水裡，濺起了一股水沫，水沫被日光染上了彩虹的顏色。大群的琴雞劈里啪啦拍著翅膀，一下子都從白樺樹上飛走了。我急忙的向飛走的一隻琴雞開了第二槍，沒打中。

但是，一早就打到這麼一隻羽色漂亮的鳥，難道還不知足嗎？「好收穫！」塞索伊奇向我道賀。我們撈起了低垂著翅膀的死琴雞，不慌不忙的慢慢划回家去。

一群群野鴨從水面上快速掠過，鷸鳥尖嘯著，沿岸的琴雞叫得越來越響，唧唧咕咕和啾費啾費的聲音持續不斷。太陽升到了樹林上面。

百靈鳥在田野的上空鳴叫。雖然整晚沒睡，卻一點也不覺得疲倦！

本報特約通訊員

最佳的誘餌

熊在我們這一帶胡鬧。不是聽說某個農村裡一頭小牛被咬死了，就是聽說另一個農村裡一匹小馬被咬死了。

在會議上，塞索伊奇說得蠻有道理的，他說：「我們不能等著熊鬧到我們這裡來，應該想辦法了。加甫利奇的小牛不是死了嗎？把牠交給我，我用牠來當誘餌，把熊騙出來。如果熊也來找我們的牲口，在這附近打轉的話，那牠一定會被誘餌引來。牠不來還好，來了，就別想碰我們牲口一根寒毛。我會想辦法收拾牠。」

塞索伊奇是我們這裡最有本事的獵人。

村子裡把加甫利奇死掉的小牛交給他。讓他去處理吧！我們可以放心一點了。塞索伊奇把死掉的小牛裝在大車上，運到樹林裡，放在一塊空地上，把小牛翻了個身，讓牠頭朝東躺著。

打獵的事，塞索伊奇樣樣在行。他知道，頭朝南或頭朝西的屍體，熊是不會去動的，牠會起疑心，怕別人傷害牠。

塞索伊奇在小牛四周，用沒剝皮的白樺樹枝做了一道矮矮的柵欄。離柵欄二十多步遠，在兩棵並排的樹上搭了一個棚子，離地大約有兩公尺高。這是用樹幹搭的平台，獵人夜裡就待在平台上守候獵物，這就是所有的準備工作。不過，塞索伊奇並沒有爬到平台上，他回家去過夜。

一個星期過去了，他還是在家裡睡覺。早晨他騰出點時間，到木柵欄那裡去了一趟，繞著它走了一圈，捲根菸抽一會兒，然後就回家了。

我們的村民開始取笑他。小伙子們挖苦他：「怎麼了？塞索伊奇，你睡在自己家裡的熱炕上，做的夢會甜一點吧？你不愛在樹林裡看守，是不是？」塞索伊奇回答他們說：「賊不來，待在那裡看守也是白費勁啊！」他們又對他說：「小牛已經發臭啦！」他說：「那才好呢！」

他就那麼安然自在，你拿他有什麼辦法！

塞索伊奇知道事情該怎麼辦。他也知道，熊繞著牲口打轉，已經不止一天了。是因為牠知道眼前有現成的死牲口，所以不來撲活牲口。

塞索伊奇知道熊聞到了死牛的臭味。獵人的眼睛很銳利，他在放小牛的地方，在柵欄周圍，看到了熊的腳爪印。熊還沒有動過小牛，看來牠的肚子不餓，要等屍體發出更厲害的臭氣，好更有滋味的大吃一頓。這種亂毛蓬鬆的林中野獸，胃口就是這樣。

小牛已經在樹林裡躺了一個多星期了。塞索伊奇還是在家裡過夜。最後，他根據腳印，斷定熊爬過了柵欄，從牛屍上吃了一大塊肉。

就在這天晚上，塞索伊奇帶著槍爬上了棚子。

夜裡，樹林裡很安靜，動物睡了，鳥也睡了。不過，並不是所有的鳥獸都睡了。貓頭鷹拍著毛茸茸的翅膀，無聲無息的飛過，牠在搜尋草叢裡窸窣作響的野鼠。刺蝟在林子裡走來走去，尋找青蛙。兔子在喀嚓喀嚓的啃山楊的苦樹皮。一隻獾在土裡尋找牠熟識的植物細根。這時，熊悄悄的走向小牛。塞索伊奇睏得睜不開眼睛。平常這個時候，他都睡得很沉了。現在他一直打瞌睡。忽然，有什麼東西喀嚓一聲，使他打了一個冷顫。也許是聽錯了？不是的。天上雖然沒有月亮，可是北方的初夏夜晚，即使沒有月亮也亮得很。可以清清楚楚的看見，在白花花的白樺樹柵欄上，爬著一隻毛黑黑的野獸。

熊在大聲的咀嚼，享用人家款待牠的菜餚。

「別急，」塞索伊奇心裡想，「我這裡還有更好的東西款待你呢！我要請你嘗嘗鉛丸子。」

他端起槍，瞄準了熊的左肩胛骨。轟的一聲槍響，像雷鳴似的，震動了沉睡的森林。兔子嚇壞了，從地上跳起半公尺高。獾嚇得呼嚕呼嚕直叫，慌張的跑向自己的洞。刺蝟縮成了一團，身上的刺全豎了起來。野鼠溜進了洞。貓頭鷹悄悄的飛進大雲杉的黑影裡。

一會兒，又靜下來了。於是，夜裡出沒的動物又放大了膽，各自做各自的事情。

塞索伊奇爬下棚子，走到柵欄邊，捲了一根菸，抽了起來。他不慌不忙的走回家去。天快亮了，得睡一覺，就算只睡一會兒也好呀！

等到村裡的人都起床了，塞索伊奇對小伙子們說：「喂，好漢們！準備大車，到樹林裡把熊拉回來吧！熊傷不了我們的牲口了！」

森林布告欄

表演和音樂

在偏僻的樹林裡，長滿了青草和莞草的小湖上，可以看到最有趣的表演喔！要看這個表演，得在湖岸邊搭個小棚子，躲在裡面。

在晴朗的黎明時分，從草叢裡游出兩位服裝華麗的演員。這是兩隻有著尖細嘴喙的水鳥。牠們長得漂亮極了，華美的大領子一直延續到臉頰，在初升的陽光下，閃著鮮明的古銅色光澤。這是冠鸊鷉。你靜靜的坐著吧，看牠們耍什麼把戲。

瞧！牠們好像排著隊伍的士兵，肩並肩游著。忽然，好像聽見一聲「分開游」的號令，一下子就向後轉，面對面鞠起躬來了，像在跳舞。

後來，牠們都伸長脖子，揚起頭，微微的張開嘴巴，好像在發表重要的演說。突然，牠們一起嘴巴朝上，一下子栽進水裡去，連一點水激盪的聲音都沒有！過了一會兒，牠們先後從水裡鑽出來，挺著長長的身體站了起來，好像站在地上似的。

牠們各自從水底啣起一縷水草，你遞給我，我遞給你，好像在交換兩條綠色的小手帕。

你看著看著，忍不住鼓起掌來！一鼓掌，可就把牠們嚇跑了，牠們鑽到莞草叢裡去了。

第三次競賽

☆ 射箭要打中靶心！答案要對準題目！

1. 蚱蜢用什麼東西發出吱吱嘎嘎的聲音？
2. 什麼鳥從南方遷徙到列寧格勒，一部分路程是用步行的？
3. 甲蟲有多少翅膀？
4. 田鷸用什麼東西發出像羊叫的聲音？
5. 什麼鳥的叫聲像瘦癟的貓在叫？
6. 在南方過冬的鳥當中，哪一種鳥最晚飛回列寧格勒省？
7. 紫丁香是春天開花，還是夏天開花？
8. 鰻魚有哪些名字？
9. 蝙蝠靠什麼在黑漆漆的夜裡飛行？

⑩樹林底下，鬧鬧騰騰；樹林中間，有誰打釘；樹林上面，燈火通明。（謎語）

⑪走路的用得著它；趕馬車的用得著它；有病的也用得著它。（謎語）

⑫我不來時求我來，等我來了躲起來。（謎語）

⑬剛出生的小娃娃，長著鬍子一大把。（謎語）

⑭沒有翅膀，會飛；沒有腳，會跑；沒有帆，會航行。（謎語）

⑮身穿黑衣，蠻不講理；換上紅衣，服貼無比。（謎語）

打靶場競賽答案

確認打靶成果吧！打靶場第一次競賽答案

☆ 請核對你的答案有沒有射中目標！

1. 從三月二十一日開始。
2. 髒雪融得比較快，因為它的顏色比較深，深色容易吸收陽光。
3. 風。
4. 雷鳥，冬天牠是白色的，夏天有斑紋。
5. 在雪融化以前，但牠已經變成灰色的時候，或是地面比雪兔先變了顏色的時候。
6. 小兔子剛生下來時，是睜著眼的。
7. 鼴鼠和鼩鼱住在地洞裡。松鼠在樹上築巢。
8. 春分，三月二十一日，以及秋分，九月二十二日。

9 冰柱。

10 浣熊狗，又叫做「貉」。

11 雪。雪融化了，就流成小溪，淙淙的響。

12 大地。冬天，大地上積著白雪；春天，大地上開滿鮮花。

13 雪。

14 今天。

15 鹿。

確認打靶成果吧！打靶場第二次競賽答案

☆請核對你的答案有沒有射中目標！

1 羊肚菌和鹿花菌。

2 拖拉機在田裡耕地時，會犁出許多蚯蚓、甲蟲和甲蟲的幼蟲。禿鼻鴉把牠們啄起來吃。

3 青蛙的卵像膠凍，一團團漂浮在水裡。癩蛤蟆的卵是一長串，包覆在長長的膠質膜裡，卵串時常纏繞在水草上。

4 燕子先飛到。

5 寒鴉和椋鳥會啄食牲口身上的寄生蟲，以及蒼蠅在皮膚傷口產的卵，也會啣毛回去築巢。

6 在地上築巢的鳥，巢會被淹沒，蛋或雛鳥也會被沖走。習慣在泥沼地覓食的鳥，可能也會挨餓。

7 春天游到岸邊產卵的魚，統統禁止打。四月末，狗魚游到春水氾濫的水灣裡產卵。牠們在水很淺的地方產卵，常常露出背脊。盜獵的人就在這種時候開槍打牠們。

8 蛇類比較怕冷，因為牠們的體溫受外界環境影響。天氣冷的時候，牠們會凍壞。至於鳥類，如果牠們吃飽了，就不太怕冷了。

9 鼯鼠，俗稱「飛鼠」。

10 河流。

11 甲蟲。

12 家燕。

13 叮人的蚊子。

14 魚。

15 牛的四條腿、兩隻犄角、一條尾巴。

確認打靶成果吧！打靶場第三次競賽答案

☆請核對你的答案有沒有射中目標！

1. 蚱蜢的後腿上有小刺，翅膀上有鋸齒狀突起，牠用後腿摩擦翅膀而發出聲音。
2. 長腳秧雞和紅冠水雞。
3. 甲蟲有兩對翅膀。外面一對是硬的、厚的，主要作用是保護底下那對飛行用的翅膀。
4. 尾巴的羽毛。
5. 黃鸝。
6. 羽毛色彩很鮮豔的鳥。在喬木和灌木長滿新葉的時候，牠們才飛來。
7. 春天。紫丁香花謝的時候，就算是夏天開始了。

8 柳葉鰻、玻璃鰻、鰻鱺。

9 蝙蝠飛行時會發出超音波，利用超音波碰到障礙反射回來的回聲，探知周遭的環境。

10 螞蟻在螞蟻窩裡的生活很忙碌；啄木鳥啄樹像鐵匠打鐵；夜裡，星星在樹林上空閃耀，像點了蠟燭似的。

11 白樺樹。走路的人砍下它的樹枝作手杖；趕馬車的人用它作鞭柄；鄉村裡，給病人喝白樺樹液。

12 雨。

13 山羊。

14 雲。

15 螯蝦。

廣大的俄羅斯

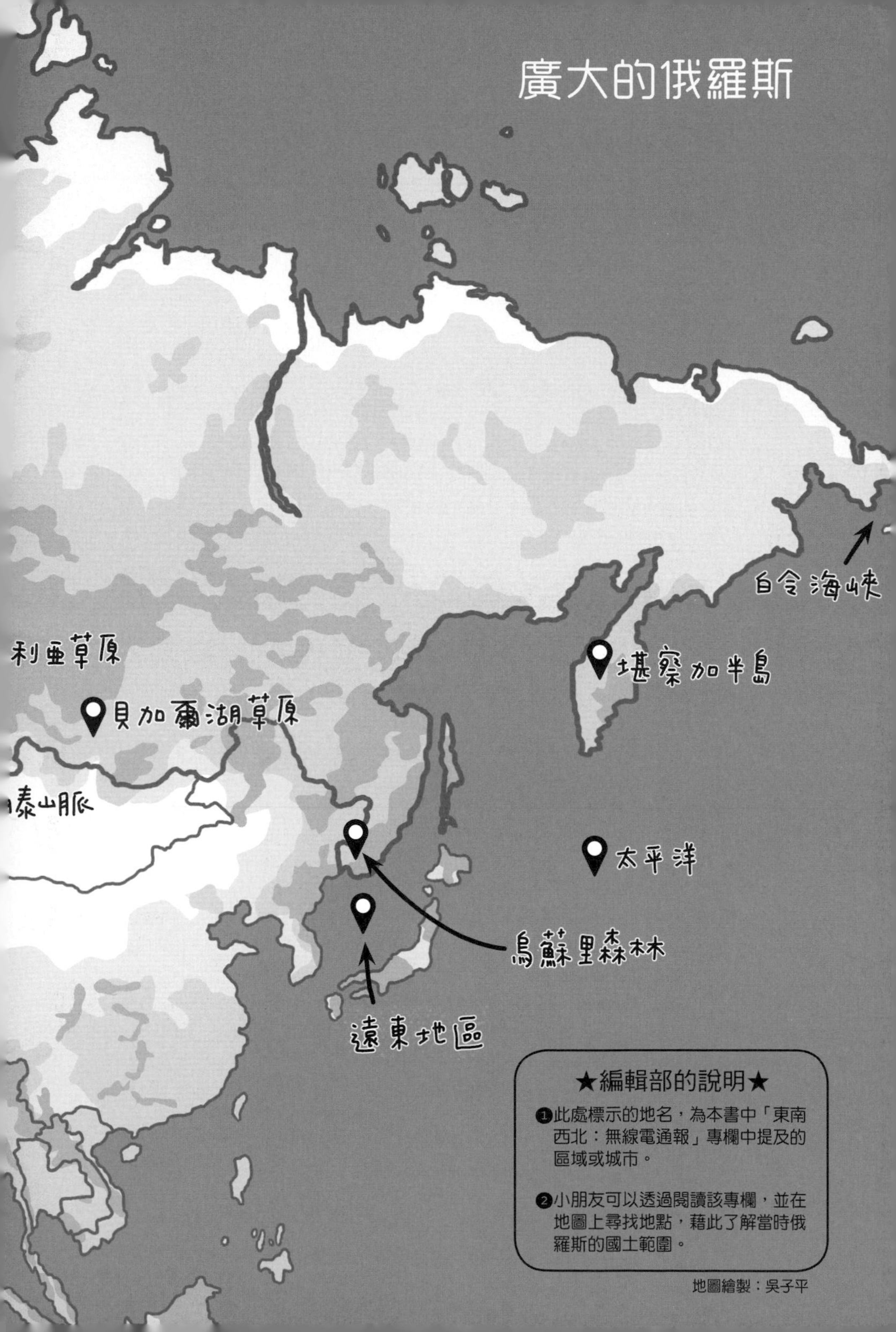

★編輯部的說明★

❶此處標示的地名，為本書中「東南西北：無線電通報」專欄中提及的區域或城市。

❷小朋友可以透過閱讀該專欄，並在地圖上尋找地點，藉此了解當時俄羅斯的國土範圍。

地圖繪製：吳子平

北冰
亞馬爾半島
大西洋
聖彼得堡
烏拉爾
波羅的海
莫斯科
諾沃西比爾斯克
頓巴斯草原
庫班草原
烏克蘭
烏克蘭草原
中亞沙漠
黑海
裡海
高加索山
帕米爾山
卡拉庫姆沙漠

小木馬 自然好有事 001

森林報報
春天，森林裡有什麼新鮮事！

作者 維・比安基 Vitaly Bianki
繪圖 卡佳・莫洛措娃 Katya Molodtsova
譯者 王汶

社　　長　陳蕙慧
副總編輯　陳怡璇
主　　編　胡儀芬
特約主編　鄭倖伃
責任編輯　張容瑱
行銷企畫　陳雅雯、尹子麟、張元慧
美術設計　謝昕慈

讀書共和國集團社長　郭重興
發行人兼出版總監　曾大福

著作權人　數位共和國股份有限公司
出　　版　木馬文化事業股份有限公司
發　　行　遠足文化事業股份有限公司
地　　址　231 新北市新店區民權路 108-4 號 8 樓
電　　話　02-2218-1417
傳　　真　02-8667-1065
Email　service@bookrep.com.tw
郵撥帳號　19588272 木馬文化事業股份有限公司
客服專線　0800-2210-29

印　　刷　通南彩印股份有限公司
2020（民 109）年 09 月初版一刷
定　　價　360 元
ISBN 978-986-359-804-6

國家圖書館出版品預行編目（CIP）資料

森林報報：春天，森林裡有什麼新鮮事！/ 維・比安基著（Vitaly Bianki）；卡佳・莫洛措娃（Katya Molodtsova）圖；王汶譯．-- 初版．-- 新北市：木馬文化出版：遠足文化發行，民 109.09
面；　公分．--（小木馬自然好有事；1）
ISBN 978-986-359-804-6（平裝）

880.599　　109007010